SVLTO

Papa ist tot – und nun? Nach vielen Jahren treffen sich die Zwillingsschwestern Alessandra und Marinella in der Wohnung ihres verstorbenen Vaters wieder, wo er die beiden einst im Alter von acht Jahren verlassen hat.

Die Schwestern, mittlerweile achtundvierzig Jahre alt, könnten unterschiedlicher nicht sein und haben sich kaum etwas zu sagen. Und doch müssen Alessandra und Marinella jetzt miteinander reden. Weil aber zu vieles zu lange unausgesprochen geblieben ist, weil die eine sich immer noch nicht »richtig« erinnert und die andere die gleichen Spielchen treibt wie vor vierzig Jahren, kommt es in der kleinen Wohnung zu turbulenten Szenen.

Die Erinnerung an den Vater und sein plötzliches Verschwinden, an die kleinen Glücksmomente, Geheimnisse und Grausamkeiten einer Familie führen zu einem furiosen Wortgefecht – mal tieftraurig, mal hochkomisch, vor allem aber voller zärtlicher Gemeinheiten, wie sie nur Geschwister einander antun können.

Und dann steht plötzlich die Nachbarin in der Tür, die dem Vater offenbar weit näherstand als Alessandra und Marinella ...

Marcello Fois
SCHWESTERN

Die alte Geschichte

Aus dem Italienischen von Esther Hansen

Verlag Klaus Wagenbach   Berlin

Der karstigen Weiblichkeit,
die in mir ist

Die Blumen, das Gras und die andern,
die schönen Dinge
kommen später vielleicht. Aber uns genügt das.

Fabio Pusterla, *Das Land aus der Tiefe*

Inhalt

*Die Geographie und
alle Koordinaten*

Marinella trat zuerst ein. Ein fremder und zugleich vertrauter Geruch lag in der Luft. Der Flur sah aus wie irgendeines von diesen Zimmern, die man durchquert, ohne sich umzuschauen. Mit einer Garderobe an der Wand und einem Bord, um die Schlüssel abzulegen. Höchstens noch der Schirmständer. Eine unsichtbare Normalität also, der doch schon eine bittere Unruhe innewohnt.

Marinella schüttelte den Kopf, um jeglichen Anflug von Erinnerung zu vertreiben, den ihre Anwesenheit an diesem Ort hätte auslösen können. Wo sie mit jedem Atemzug ein ganzes Leben einsog, das dort, in der Melancholie eines möblierten Zwischenreiches, wie beiläufig verstrichen war: ein Spiegel über dem Bord, ein paar technische Zeichnungen an den Wänden und eine kleine mittelalterlich anmutende Lampe mit flammenförmigen Glühbirnen. Automatisch blieb sie vor dem Spiegel stehen und fuhr sich durch die Haare, denn dies war das Haus ihres Vaters, und diesen Flur hatte er durchquert, ohne sich dessen bewusst zu werden – denn genau das passiert in Fluren –, und über diese Oberfläche war sein riesenhaftes Spiegelbild wer weiß wie oft geglitten.

Ein paar Schritte weiter erlaubte eine offene Tür den Blick in ein angrenzendes Zimmer, den Hauptraum. Und vielleicht, dachte Marinella, rührte der penetrante Tabakgeruch von dort her. In der Mitte des Zimmers stand alles beherrschend ein massiver Tisch, umringt von Polsterstühlen gleichen Stils. Auf dem Tisch bemerkte Marinella eine hässliche Vase auf einem noch hässlicheren Häkeldeckchen.

Sie musste daran denken, was sie getan hatte. Urplötzlich.

Vielleicht brachte sie die stille Mittelmäßigkeit, von der sie sich bedrängt sah, auf diese Idee. Wieder schüttelte sie den Kopf, wie immer, wenn sie schlechte Gedanken loswerden wollte.

Sie schauderte.

Es versetzte ihr einen Stich, als sie begriff, wie sehr aus der erstarrten Ordnung dieser Wohnung die Abwesenheit allen Lebens sprach. Das ganze Zimmer war unübersehbar – unmöglich, das zu ignorieren – mit dunkelgrüner Tapete ausgekleidet, die dem einfallenden Licht eine sumpfige Note verlieh, besser gesagt, die eines künstlichen Dschungels, sodass jeder Laut, gurgelnde Rohre, raschelnde Vorhänge oder pfeifende Zugluft, ebenso von Hyänen oder Affen oder Schlangen hätte stammen können.

Marinella verscheuchte auch diesen Gedanken: Das war die Wohnung, in der ihr Vater ohne sie gelebt hatte. Und unter »sie« verstand sie sich selbst und ihre Zwillingsschwester Alessandra, die sich immer noch nicht dazu entschließen konnte, einzutreten.

Sie waren Zwillinge, und so spürte sie ihre Schwester hinter sich, ohne sie zu sehen. Sie spürte deutlich deren Unbehagen, denn es war das ihre. In dieser Wohnung war ihr Vater gestorben, der Mann, der sie als kleine Mädchen verlassen und sich nie wieder gemeldet hatte.

Natürlich konnten sie sich erinnern, dass er sehr groß gewesen war, ein Riese, natürlich. Und dann noch, dass er einen wässrigen, unergründlichen Blick gehabt hatte. Blaue Augen, sagte Marinella, die schon von klein auf unbedingt Astrophysik hatte studieren wollen. Grau, meinte Alessandra, die seit Langem von nichts und niemandem mehr etwas erwartete. Doch diese Uneinigkeit über die Augenfarbe rührte vor allem daher, dass jede von ihnen das Recht beanspruchte, sich an mehr zu erinnern als die andere.

Soweit die Zwillingsschwestern wussten, hatte Ernesto Cappello, ihr leiblicher Vater, sie vor vier Jahrzehnten verlassen, als sie noch keine acht Jahre alt gewesen waren. Das behauptete zumindest Alessandra, wohingegen Marinella sich genau daran zu erinnern glaubte, dass sie ihren achten Geburtstag noch mit ihm zusammen gefeiert hatten und dass sich bei diesem Fest die ganze Familie ein letztes Mal getroffen hatte. Und weil sie diese Sache – achter Geburtstag ja oder nein – noch im Kopf hatte, konnte Marinella sich sogar daran erinnern, dass sie vor langer Zeit an genau diesem hässlichen massiven Tisch zusammengekommen waren, den sie nun durch die offene Zimmertür erblickte.

Alessandra stand hinter ihr, wie sie an den vom Mundschutz gedämpften Atemzügen erkannte, mit einer Schutzmaske, wie Radfahrer in Millionenstädten sie manchmal tragen, um den Dreck der Autoabgase aus der Luft zu filtern.

»Kannst du hereinkommen?«, flüstert sie in der Gewissheit, dass Alessandra, ein paar Schritte entfernt, sie genau versteht. Sie weiß nicht, warum das jedes Mal passiert, aber gegenüber ihrer Schwester wird aus jedem Imperativ stets eine Frage und danach ein Flehen: »Kannst du bitte hereinkommen?«

Und Alessandra kommt herein und stellt sich einfach neben sie. Mit dem Mundschutz sieht sie aus wie eine Außerirdische.

»Du sagst gar nichts?«, fragt Marinella weiter und legt den Schlüsselbund auf das Bord. »Papàs Wohnung...«, setzt sie behutsam hinzu.

Alessandra schüttelt den Kopf. Rein gar nichts wird sie sagen. Doch sie blickt sich mit skeptischer Miene um: der bescheidene Flur, der Wohnraum jenseits der Tür, die Tapete.

Marinella mustert sie forschend, als brauche sie eine Antwort.

Also befreit Alessandra ihren Mund von der Atemmaske: »Ich habe mir geschworen, nicht zu reden.« Und rückt die Maske wieder zurecht.

Marinella versucht es mit einem versöhnlichen Tonfall, der ihr früher manchen Sieg beschert hat: »Das mag ja sein, aber wo du es gerade auch getan hast, ich meine geredet, können wir doch sagen, dass der Schwur aufgehoben ist...«

Um zu sprechen vollführt Alessandra die exakt gleiche Geste wie zuvor: »Du machst es dir einfach, aber so einfach ist es nicht...«

16

»Was denn?«

»Einen Schwur aufzuheben, ich meine, das ist ja nicht mehr wie damals, als wir Kinder waren und ein Schwur aufgehoben war, nur weil man ›aufgehoben‹ gesagt hat.«

»Und?«

»Und ich habe mir geschworen: kein Kommentar, kein Irgendwas, stumm wie ein Fisch... Und ich habe nicht vor, meinen Schwur zu brechen.« Und wiederum, wenn auch mit einer Art theatralischer Pedanterie, schiebt sie die Maske zurück.

»Einverstanden, aber ich möchte doch bemerken, dass du, als du gerade dein Schweigegelübde bekräftigt hast, sehr wohl geredet hast...«

»Das meinst du?«, sagt Alessandra überdeutlich, ohne ihren Mund von dem merkwürdigen weißen Kokon zu befreien, der von zwei um den Nacken gespannten Gummibändern gehalten wird.

»Das meine ich«, nickt Marinella.

»Ach, das ist doch nicht reden, das ist nur irgendwas sagen...«, erwidert die andere, die inzwischen begriffen hat, dass sie sich problemlos verständigen kann, ohne den Mund freilegen zu müssen.

»Aha, dann ist also sagen, dass man nicht reden wird, kein Reden... Also ich war ja der festen Ansicht, dass allein der Umstand, Laute oder Buchstaben durch den Mund auszustoßen, schon Reden ist...« Der Satz kommt schön geradlinig und auch sehr bedeutungsvoll über ihre Lippen. Alles gut also, solange das Schweigen der Schwester nicht allzu bedrückend wird. Und Marinella weiß, dass Alessandra nicht antwortet, um sie ins Wanken zu bringen. Und sie weiß genau, dass sie ihr Flehen hören will. Also fleht sie:

»Oder nicht?« Doch ihr Gegenüber scheint diesmal in unüberwindliche Stummheit gehüllt. »Na gut...«, lenkt Marinella ein und wirkt dabei, als sei sie den Tränen nahe und versuche gleichzeitig alles, um sie zurückzuhalten.

Wie beharrlich, geradezu pedantisch das Schicksal war, wusste Alessandra genau, denn sie selbst war eine Agentin des Weltschicksals. Ihrem Gefühl nach war sie die Einzige auf dem gesamten Erdball, die – daran bestand nicht der Hauch eines Zweifels – begriffen hatte, wie die Dinge liefen. Als sei sie eine Angestellte, die ihren Vorgesetzten nur allzu gut kannte. Für sie liefen die Dinge so, wie sie sollten, weil sie exakt geplant waren, um genau so zu laufen. Punkt. Irgendwo gab es einen unermesslichen Ort, wo alle Ereignisse lagerten, bevor sie ausgeliefert wurden ... Und es gab jemanden, der die sublime Gabe besaß, sich in diesem unendlichen Raum bewegen zu können. Diese Wohnung, die nur für kurze Zeit der Familie und dann dem Vater allein gehört hatte, versetzte ihr einen leichten Stich zwischen Magen und Kehle. Den aber schluckte sie schnell hinunter, wie man es mit unaussprechlichen Geheimnissen zu tun pflegt. Und dann wartete sie darauf, dass die Beklemmung sich in Form wilder Verbitterung in einen Winkel zurückzog, wo sie kaum mehr zu spüren war.

Als sie dreißig geworden war, hatte Alessandra den Gedanken aufgegeben, dass es interessant genug sei, eine interessante Frau zu sein, und sich in einem Fitnessstudio angemeldet. Seitdem hatte sie alles unternommen, was sie für nötig hielt, um ja nicht als eine Frau zu erscheinen, die alle möglichen Dinge versucht, nur um nicht zugeben zu müssen, dass die Zeit vergeht. Sie fürchtete sich vor Sentimentalität. Sie fürchtete sich vor diesem Trostbedürfnis, das ihre Schwester so gern kultivierte. Also hatte sie sich zwar überreden lassen, sie zu begleiten, hatte jedoch ihre Bedingungen genannt, um sich nicht kampflos zu ergeben.

Sie hatte sich überreden lassen, und schon das konnte sie sich nicht verzeihen. Ihr war von Anfang an klar gewesen, was sie von diesem Ort zu erwarten hatte: welch entsetzliche Tristesse sich durch das sumpfige Licht, das von den Wänden ausging, in ihrer Brust ausbreiten würde; in welch zähflüssiger Traurigkeit aus Industriemöbeln und Trödel sie knöcheltief versinken würde wie in einem Morast; welch obszöne Wollust hervorkroch mit dem Zigarrengestank, der sich mit der Feuchtigkeit des allzu lang verschlossenen Raums vermischte.

Und doch musste sie eine seltsame Art gewissenhafter Sauberkeit in der Wohnung anerkennen, als habe der Staub, trotz der Monate, in denen sie unbewohnt war, beschlossen, diese Wohnung zu verschonen. Gewiss handelte es sich um eine rein oberflächliche Reinlichkeit, etwas Seelenloses, etwas Unechtes, das das Echte imitieren will.

Alessandra hatte sich geschworen, dass sie nicht reden würde. Und in der Tat redete sie nicht.

Die Stille lähmt sie. Marinella fühlt sich wie ein Hase, dessen Blick an den Scheinwerfern eines heranrasenden Autos klebt. Das hartnäckige Schweigen der Schwester fasziniert und beunruhigt sie. Immer wieder glaubt sie, ihm widerstehen zu können, und jedes Mal gibt sie nach.

»Wenn ich genau drüber nachdenke, hast du es immer so gemacht«, schießt sie also in die unbewegte Stille. Und fährt fort, ohne eine Reaktion abzuwarten: »Du hast die Regeln immer auf dich zugeschnitten. Auch wenn wir das Schweigespiel gespielt haben... Einmal hast du dich zur Siegerin erklärt, weil ich geniest habe...«

Und hier muss Alessandra reagieren, weil es unannehmbar ist, dass solche Behauptungen über sie aufgestellt werden: »Also bitte, beim Niesen kamen ja schließlich auch Silben heraus...«, erklärt sie, nachdem sie den Mundschutz weggeschoben hat.

»Silben? Das behauptest du immer noch?«

»Ha und Tschi sind doch wohl Silben, oder nicht?«

»Ach ja, Ha und Tschi... Du hast das Spiel immer wieder unterbrochen, um zu sagen, dass diejenige gewinnt, die nicht redet...«

»Ja, ich habe nur die Regeln noch einmal wiederholt, weil du die so gerne vergisst... bis heute...«

»So ein Quatsch! Das sind die Regeln, die ich so gerne vergesse: Ein Niesen sind zwei Silben, aber reden, um zu sagen, dass das Spiel darin besteht, nicht zu reden, ist kein Reden! Wie, das war also kein Reden?«

»Im Übrigen neigst du dazu, dich viel zu schnell aufzuregen … Halt die Wut einfach mal zurück, mehr nicht …«

»Du sagst, ich vergesse so gerne die Regeln, ausgerechnet in dem Moment, in dem ich dir dasselbe sage … Außerdem rege ich mich überhaupt nicht auf!« Damit treibt Alessandra sie wirklich in den Wahnsinn … Genau damit.

Eine Weile sagen sie nichts. Im Haus ist nichts zu hören als der ferne Schrei hungriger Hyänen in den Rohren und das Zischeln giftiger Schlangen in den Heizkörpern.

»Wut? Welche Wut? Was meinst du?«, hakt Marinella irgendwann nach, als lege sie freiwillig den Kopf aufs Schafott.

Alessandra lächelt zufrieden. »Ich meine, du regst dich auf, wenn du im Unrecht bist, und schlägst blind um dich, und je mehr du im Unrecht bist, desto verletzender wirst du, ich weiß das, ich bin's ja gewohnt …«, sagt sie überdeutlich.

»O mein Gott, steh mir bei!«

Als das Handy klingelt, zuckt Alessandra leicht zusammen. Marinella sieht sie an, im Gesicht noch Spuren der Empörung.

»Geh du ran …«, sagt Alessandra unvermutet und hält der Schwester das Handy hin.

Marinella nimmt es zögernd: »Ich? Und was soll ich sagen?«

»Was du willst! Nein, sag, dass ich nicht reden kann, dass ich eine egoistische Schwester habe, der ich mich einfach nicht verständlich machen kann …«

»Nein, sie kann nicht reden, wissen Sie, sie hat eine egoistische Schwester, der sie sich einfach nicht verständlich machen kann … Aufgelegt …«

Alessandra stürzt sich aufs Telefon und packt es, erstaunt, dass Marinella sie ernst genommen hat. »Hallo ... Hallo? ... Der hat wirklich aufgelegt ... Was fällt dir ein?«

»Ich habe nur getan, was du mir gesagt hast ...«

»Dann bist du jetzt wohl zufrieden, vielleicht war es ein potenzieller Auftraggeber, aber das interessiert dich ja nicht ... Jobs sind rar heutzutage ...«

»Du hast mir doch selbst gesagt, dass ich rangehen und was genau ich sagen soll.«

»Das war doch nicht so gemeint. Das hast du absichtlich gemacht!«

»Ich habe nur deine Worte wiederholt, eigentlich müsstest du dich freuen ...«

»Da sieht man, wie du bist: Du bist ungehorsam, selbst wenn du scheinbar gehorchst. Den Unterton in meinen Worten, den wolltest du nicht mitkriegen ...«

»Wie wenn ich nicht mitkriege, dass dein Reden beim Schweigespiel kein Reden ist, sondern ein Sagen?«

»Du bist gemein und nachtragend.«

»... wohingegen mein Niesen zwei Silben sind!«

»Nachtragend! Das ist es! Das hat Mamma auch immer gesagt ...«

»So etwas hat Mamma nie gesagt. Nie.«

»Aber ja doch, und noch mehr ... Natürlich hat sie das nicht zu dir gesagt: Oder kannst du dir vorstellen, wie Mamma sagt, du bist nachtragend, meine Tochter, und gemein?«

»Nein, das kann ich nicht, weil sie es nie gesagt hat.«

»Na gut, alles klar, dann hat sie es nie gesagt ... Zufrieden?«

Ohne eine Antwort abzuwarten, setzt sich Alessandra wieder den Mundschutz auf.

Sie waren so vertieft, dass sie gar nicht bemerkten, wie sie die Schwelle zum Esszimmer, oder zur Stube, übertraten, obwohl die Tapete mit ihrem Pflanzenmuster an allen Wänden das Licht so extrem schluckte, als seien sie ins Herz eines Mangrovendickichts vorgedrungen, das sich den Sonnenstrahlen widersetzte. Aus den Hohlräumen, den Rohren und Ritzen stiegen, für Marinella und Alessandra deutlich hörbar, das Geschrei von Makaken und das Flüstern zischelnder Schlangen auf. Sie sahen sich um und bemerkten zum ersten Mal, dass diese Schreie wie von zerreißendem Stoff nichts anderes waren als ein Ausdruck der unzähligen Stunden, die sie auf ihren Schultern trugen. Doch sie ließen sich nichts davon anmerken, als seien sie ganz leicht, bis die Gedanken schließlich verflogen waren.

In der Nähe waren Schritte zu hören, vor der Wohnungstür, als streife sich jemand mit Nachdruck die Schuhe auf der Fußmatte ab. Sie erstarrten, warteten. Im gleichen Moment verstummte der Dschungel, als hielten alle Beutetiere nach der aufgescheuchten Erregung nun den Atem an, um das Raubtier, in der Hoffnung, nicht bemerkt zu werden, vorüberziehen zu lassen.

Doch da war niemand. Aus der Tiefe des Mangrovenwaldes erhob sich ein Luftzug.

Alessandra setzte sich auf ein bescheidenes Sofa, aber nicht ohne sich vorher zu vergewissern, dass es sauber war. Sie nahm ihre übliche

Pose ein, ganz Dame, die Beine eng beieinander und knieabwärts leicht schräggestellt.

Marinella blieb stehen, entschlossen, sich nicht das kleinste Detail im Zimmer entgehen zu lassen. Da waren quadratische Ausschnitte, wo die Tapete glänzte wie lackiert. Da waren Staubstreifen, die die starren Oberflächen der Möbel spalteten und die Gegenstände durchschnitten wie ein heißes Messer die Butter.

Aus dieser Art von Pedanterie hatte sie einen Lebensstil gemacht, denn ihr war klar geworden, dass die Beschäftigung mit Kleinigkeiten sie davor bewahrte, sich von den Ereignissen überwältigen zu lassen.

Bei dieser peinlichen Begutachtung der gegenüberliegenden Wand fiel Marinellas Blick auf ein hässliches Bild, das ein stürmisches Meer zeigte, aufgepeitschtes und schäumendes Wasser, das eine Insel verschlang. Tiefes Blau, das sich um einen dunklen Felsen zu dicken weißen Quasten auftürmte. Marinella konnte sehen, dass die dickflüssige, scheinbar so kompakte Farboberfläche, die den Kampf des tosenden Meeres mit dem kümmerlichen Fleckchen Erde darstellte, von Tausenden und Abertausenden winzigen Rissen durchzogen war.

Alessandra strich sich den Rock unterhalb der Knie glatt und richtete dann Knöchel und Fußspitzen gerade zueinander aus. Sie dachte kurz darüber nach, Marinella zu fragen, warum ihr Blick an diesem fürchterlichen Bild klebte. Doch sie ließ es bleiben, weil sie wusste, dass es gefährlich war, Marinella Fragen zu stellen: Denn sie würde antworten.

»Dann lass mal hören ... Wann soll sie das gesagt haben?«, drängt Marinella, ohne den Blick von der Farbkruste abzuwenden.

Nun ist klar, dass von jenseits des auf die Wand gemalten Dschungels, dort, wo sich eine spiegelglatte Wasserfläche ausbreitet, das Gezwitscher und die aufgeregten Flügelschläge der Madenhacker zu hören sind, wenn sie den felsigen Rücken des untertauchenden Nashorns verlassen müssen.

»Wenn du geweint hast, weil dein Vater weg war ... Was glaubst du, wie Mamma das fand?« Obwohl sie mehr denn je mit ihrer Haltung beschäftigt ist, wirkt Alessandra kein bisschen überrumpelt.

Endlich dreht Marinella sich um. In ihrem Blick hängt ein Rest dieser mikroskopisch kleinen, trockenen Rissigkeit, die das Blau und Grün des stürmischen Meeres und der gegen den Untergang kämpfenden Insel durchfurcht, und des Getöses der flüchtenden Diener-Vögelchen. Ihr Tonfall ist neugierig und bedrohlich: »Wie fand sie das denn?«

Alessandra setzt sich zurecht, als verlange die Antwort eine Art gesteigerte Bequemlichkeit. Ganz offenkundig hat sie keinerlei Angst vor dem, was sie sagen wird: »Nichts von Bedeutung, Mütter müssen – das habe ich irgendwann am eigenen Leib erfahren – sich damit abfinden, dass sie schlichte Wesen sein sollen ... Aber klar, so um jemanden zu trauern, der entschieden hat, Frau und Töchter zu verlassen ...«

»Warum tust du mir das an?«

»Du hast doch selbst gefragt, und da habe ich eben beschlossen, dir einmal zu antworten.« Sie fährt mit der Fingerspitze über die Platte des Couchtisches. »Nicht gerade sauber hier.«

»Wie fand Mamma das?«

»Lassen wir das lieber, sonst nimmt es eine ungute Wendung, meinst du nicht?«

Sie sprang auf und umarmte sie so unverhofft, wie nur sie es konnte, mit einem solchen Ungestüm, dass der Verdacht nahelag, sie wolle sie ersticken oder am Denken hindern oder ihr die Antwort verbieten. Nach ihrer Bewegung hin zu Marinella schien sie es sich wieder anders zu überlegen und kehrte zum Sofa zurück, wo sie ihre Tasche abgelegt hatte, öffnete sie, kramte darin herum und zog ein Päckchen hervor, das sie aufriss: Es enthielt ein Seidenhalstuch. Ein wirklich ansehnliches Stück, die Quintessenz von Chic, taubengrau mit Tiermuster.

Sie griff nach dem Tuch und legte es der Schwester um den Hals, wie es eine Verrückte in einem Anfall von Mordlust tun würde, aber dabei lächelte sie wie eine Dekorateurin, die stolz ist auf ihre Schaufensterpuppe.

»Schwesterchen, du siehst zauberhaft aus. Das Muster ist einfach perfekt, ich war etwas unsicher wegen des Farbtons ...«

»Das wäre doch nicht nötig ...«

»Du bist doch mein Schwesterchen, oder? Da musste ich einfach ...«

»Das ist nett von dir, aber es wäre wirklich nicht nötig ...«

»Ach komm, hör schon auf! Spar dir das Geziere.« Das Klingeln des Handys macht jede Erwiderung unmöglich. »Hallo? Ja, ja, die Nummer stimmt ... Nein, meine Schwester ist zu Scherzen aufgelegt ... Tja ... Mh, mh ... Nein ... Ja ... Ja klar, ja ja ... Nein, so war es zwar nicht, aber egal, sie wollte unbedingt Teller mit Goldrand und ließ sich nicht davon abbringen ... Du weißt ja, wie ich Goldränder hasse ... Wenn sie es sich jetzt anders überlegt hat, bleibt mir wirklich die Spucke weg ... Mhm, okay, dann sag mir Bescheid.« Seufzend legt Alessandra auf. »Der Job«, sagt sie. »Wenn ich nicht da bin, geht alles drunter und drüber.«

»Versteh ich«, sagt Marinella entgegenkommend, doch das Thema ist ihr offenkundig unangenehm.

»Apropos Job, gibt's etwas Neues wegen der Sache mit der Forschungsstelle an der Uni?«, bohrt Alessandra und findet wie immer den wunden Punkt.

»Apropos ... Nein.« Marinellas Stimme bekommt einen Sprung, sie möchte den versunkenen Bewusstseinszustand von eben wiedererlangen, als sich in der Farbschicht des Bildes vor ihren Augen der ganze Schmerz verdorrter Erde offenbarte.

»Tja, das überrascht mich nicht«, geht Alessandra scheinbar darüber hinweg, und hinter dieser Anmaßung verbirgt sich die klare Absicht, ihr einen Schlag zu versetzen. Aus den Wänden erhebt sich gegen den Wind der Atem einer Löwin, die sich mit der Zunge über das Maul fährt und den Eisengeschmack ihrer ahnungslosen Beute vorkostet.

»Das heißt?« Nun wird Marinellas Stimme ganz dünn.

»Ich meine nur, dass du wie immer nicht genug für das kämpfst, was dich wirklich interessiert«, setzt Alessandra ihren Hieb. Irgendeine gescheckte Hyäne wittert das Gemetzel und stößt spitze Klageschreie aus.

Marinella kann nicht anders, als sich zu räuspern: »Also ... man redet über dies und das, und plötzlich kommst du mit so etwas, als ob nichts wäre. Halt jetzt bloß den Mund!«, schreit sie, als sie sieht, dass Alessandra ihr widersprechen will. »Was soll das heißen, ich kämpfe nicht genug? Was habe ich denn in den letzten vierzehn Jahren getan, hä? Was habe ich getan? Ich habe auf eine Ausschreibung gewartet und in der Zwischenzeit versucht, das, was ich gerne mache, möglichst gut zu machen ...«

»Und mit welchem Ergebnis? Du lebst auf Pump und hast nicht einmal ein Loch von eigener Wohnung«, schneidet Alessandra ihr das Wort ab, weil ihr dieses Abgleiten ins Gejammer nicht gefällt: Eine bedingungslose Kapitulation wäre ihr lieber gewesen.

»Soweit ich weiß, habe ich dir immer alles zurückgezahlt.« Marinella macht eine marionettenhafte Bewegung, die einem Durchdrücken der Schultern sehr nahekommt.

»Was?«, fragt Alessandra herausfordernd, die sich mit einer kleinen sinnlosen Hetzjagd vor der endgültigen Unterwerfung abgefunden hat.

»Das Geld, das du mir geliehen hast, du weißt genau, dass ich phasenweise nicht bezahlt werde...«, erwidert Marinella prompt.

»Das passiert nun mal, wenn man seiner Berufung folgt... Weißt du, was meine Berufung gewesen wäre? Nichtstun. Rein gar nichts. Die richtige Partie heiraten und aufhören zu denken... Am liebsten sogar aufhören zu glauben, dass es so etwas wie, keine Ahnung, wie Liebe gibt? Diese Dinge begreift man entweder sofort oder nie... du nie: Berufung.« Und schon hat Alessandra ihre Eckzähne präzise in der Halsschlagader versenkt.

Der Dschungel an den Wänden schweigt. Die verunsicherte Stille nach dem Tod, der Moment, in dem die Bestie den Körper betrachtet, den sie gerade gerissen hat, bevor sie sich an seinem Geschmack gütlich tut.

»Du hast es geschafft, oder?« Wie viel Zeit bis zu dieser Feststellung vergeht, kann Marinella nicht genau sagen. Doch es muss Zeit vergangen sein, denn sie fühlt sich wirklich müde. Suchend blickt sie sich nach einem Stuhl um.

»Natürlich habe ich es geschafft, hast du je daran gezweifelt?« Oh ja, es ist Zeit vergangen, so wie die Zeit zwischen dem fiebrigen Entstehen eines Phänomens und seiner Konsolidierung.

»Nein, nein, wie könnte ich... Wenn es bei dir etwas gibt, was allen immer total klar war, dann, dass du es schaffen wirst.« Es klingt, als sei sie fertig, doch Marinella nimmt nur neuen Anlauf.

Jetzt, da sie einmal in Fahrt ist, bildet sie sich ein, noch mehr erreichen zu können.

»Willst du ein für alle Mal wissen, was dein Grundproblem ist?« Alessandra nimmt das Aufglimmen der schwesterlichen Reaktion mit demselben Missmut zur Kenntnis, mit dem die Löwin das letzte elektrisierte Aufzucken der Antilopensehne betrachtet und aufgrund dessen sie ihre Pranke auf die Schnauze des Opfers presst. Und so antwortet sie trocken und endgültig: »Du wolltest immer ich sein.«

Und deswegen sahen sie sich nun mit einem neuerlichen schrecklichen Schweigen konfrontiert. Alessandras Gesicht, zerfurcht vom Schatten des Regenwaldes, behielt den sturen Blick unverändert bei, nur ihre Zunge regte sich, kam plötzlich zwischen den halbverschlossenen Lippen zum Vorschein, um den Schmutz des gerade geäußerten Satzes abzulecken. Marinella versuchte, sie nicht anzuschauen, denn sie wusste seit jeher, was die vorgebliche Sturheit in der Miene ihrer Schwester bedeutete. Das hatte es schon häufiger gegeben, das gab es immer wieder. Die Geräusche verstummten jäh, und sie sah aus wie ein Raubtier, das sich an einem Kadaver gelabt hat und sich nun zum Verdauen in den Schatten zurückzieht. Die Pfoten überkreuzt, der Blick stolz und träge. Die Haltung von jemandem, der sich absolut nichts vorzuwerfen hat, höchstens noch die kurzzeitige Schwäche, einer Provokation erlegen zu sein. Das konnte sie gut. So hatte sie es immer gemacht.

Marinella unterdrückte ein Schluchzen, indem sie vorgab, husten zu müssen, ein Staubkorn in der Kehle. Sie war wütend, aber auf sich selbst, weil sie wusste, dass sie wieder in die Falle tappen würde. Und wieder versuchen würde, Recht zu behalten. Der Gesichtsausdruck war wichtig, keine Verunsicherung zeigen oder, schlimmer noch, Enttäuschung. Keinen Vorsprung mehr lassen. Sie überlegte, ob sie reden sollte, eine Antwort geben, vielleicht einmal schneller sein als sie …

»Alle haben das gesagt«, kommt Alessandra ihr kühl zuvor.

Augenblicklich zerstiebt jeder Vorsatz, jede Erwiderung, alles Reden. »Wer hat das gesagt?«, schreit Marinella aufgebracht, und diese Wut entlarvt sie.

»Das tut nichts zur Sache, man hat halt geredet … Zum Beispiel hieß es, dass wir, obwohl Zwillinge, doch ganz und gar unterschiedlich sind.«

»Lass mich raten, es hieß, bei der einen weiß man sofort, dass sie es schaffen wird, die andere hingegen wirkt so, als würde sie sich immer nur sinnlos aufopfern, um zu tun, woran sie glaubt, und nun schau sie dir an, die arme Sau …«

»Bitte nicht so vulgär in meiner Gegenwart, du weißt, dass ich das hasse …«

»Arme Sau?«

»Genau das …«

»Das ist nicht vulgär.«

»Ach nein? Und seit wann gehört das zum Wortschatz anständiger Leute? Hm?«

»Nun schau sie dir an, den Pechvogel … Besser so? Ist das anständig genug?«

»Ja, aber es trifft die Sache nicht ganz. Die Leute fanden nicht, dass du ein Pechvogel bist. Sie meinten, dass du nicht ehrgeizig genug bist … So war es.«

»Die Leute meinten, ich bin nicht ehrgeizig genug?«

»Ja, kein Pechvogel, Pechvögeln mangelt es an Chancen, und du hattest ja alle Chancen, aber …«

»Aber?«

»Nenn es Schicksal, nenn es Charakter, nenn es, wie du willst, du hast es halt nie geschafft, sie beim Schopf zu packen, all die Gelegenheiten, und nun kommen wir zum Kern, zur Wahrheit...«

»Schon wieder...«

»Kann ich weiterreden?«

»Bitte.«

»Ich sagte, die Wahrheit ist, dass du die Chancen nicht ergreifen wolltest, deshalb warst du kein Pechvogel.«

»Und damit sind wir wieder bei der armen Sau.«

»Wenig unternehmungslustig, das haben sie gesagt.«

»Wer hat das gesagt?«

»Die Leute...«

»Welche Leute?«

»Alle...«

»Dieselben, die dachten, ich würde meine Zeit damit verplempern, wie du zu sein?«

»Na ja, mehr oder weniger.«

»Mehr oder weniger...«

»Mamma sagte es.«

»Was sagte Mamma?«

Hinter Marinellas scheinbarer Kälte erahnt Alessandra die erste ernsthafte Bedrohung. »Lassen wir das, du bist heute einfach zu gereizt dafür.«

»Nicht mehr lange, dann bin ich wirklich gereizt. Ich weiß, wie du das machst, immer hast du es so gemacht: Du wirfst einen Stein, und dann versteckst du die Hand... Was hat Mamma gesagt, lass mal hören.«

»Schau, ich habe wirklich nicht die geringste Lust, mit dir in dieser Richtung weiterzudiskutieren. Wenn du dich beruhigt hast, können wir weiterreden...«

Plötzlich sieht Marinella sich selbst, wie sie die Hände um den Hals der Schwester legt.

Als Kind träumte sie oft, dass Alessandra sie im Schlaf überwältigte, sie ans Bett fesselte. Es machte ihr Spaß, sie zu erschrecken, doch niemand schien das für ein Zeichen von Grausamkeit zu halten. Im Gegenteil, es hieß, die Mädchen verarbeiteten den Weggang des Vaters. Auf verschiedene Arten natürlich: Alessandra legte eine gewisse Aggressivität an den Tag; Marinella hingegen zog sich ganz in sich selbst zurück.

Und ebendieser Rückzug in sich selbst machte es ihr unmöglich, eine Reaktion auch nur zu versuchen. Das ständige Ertragen-Müssen war für sie nichts anderes als das bloße Erfüllen ihrer Rolle: Dabei wäre es jetzt so leicht, mich zu rächen, dachte sie.

Und sie dachte, dass es dazu genügen würde, ihrer Schwester zu beichten, was sie getan hatte.

»Das Viertel ist jedenfalls ganz in Ordnung«, fährt Alessandra fort, weil sie findet, dass es Zeit für einen Themenwechsel ist.

Marinella fühlt sich, als erwache sie mühevoll aus einer Ohnmacht: »Was?«

»Natürlich ist es eine bescheidene Gegend«, stellt Alessandra mit einer weiten, aber ziellosen Handbewegung fest.

»Bescheiden ... das Wort widert dich doch an.« Marinellas Stimme wird fast sentimental.

»Anwidern ist ein Wort, das mich anwidert«, unterbricht Alessandra sie.

»Da, das hast du immer gemacht«, sagt Marinella im Versuch, auf irgendeine Art einen Vorteil herauszuspielen.

»Was habe ich immer gemacht?«

»Das.«

»Was das?«

»Das Wiederholen.«

»Was wiederholen?«

»Was wiederholen?«

»Was?«, Alessandra scheint sich zu amüsieren.

»Das.«

»Was das?«

Marinella beginnt zu stottern, macht wie zum Angriff einen Schritt nach vorn, bleibt dann aber stehen: »Ich ... Ich ...«

»Was ich?«

Die beiden Frauen traten an zum stummen Gefecht: Wer würde zuerst den Blick abwenden? Bis alle Geräusche erstarben wie in der afrikanischen Morgendämmerung, wenn der Blutrausch sich legt und die Opfer Ruhe finden. Wenn die Zweibeiner wieder über die Erde laufen, bewaffnet, vorsichtig, mordlüstern, hellhörig bei jedem Rascheln, Zwitschern, Rufen. In dieser Dämmerung wird jeder Klang Erwartung.

»Ich gehe. Genau das mach ich. Ich gehe…«

Alessandra scheint das nicht im Geringsten zu beeindrucken. »Klar gehst du.« Das x-te Klingeln ihres Handys lenkt sie erneut ab. »Ja… ja… natürlich. Nein, so geht das nicht… Du verstehst einfach nicht, was man dir sagt, merkst du das? Blau hatte ich gesagt, blau… Also, noch einmal von vorn. Girlanden sind für Freitag nicht vorgesehen… Nein! Das habe ich doch deutlich geschrieben! Keine Girlanden, ihr wollt mich wohl wahnsinnig machen… Lieber Gott! Das ist doch die Taufe am Samstag! Ja, genau, also, jetzt wiederhol mir noch mal alles! Mh… Mh… Ja… Nein!!! Liefertermin Samstag, und um das Catering kümmern sie sich selbst… Natürlich hast du das durcheinandergebracht… Gebunden, genau… Ah, gut, dann rufst du da jetzt an und sagst, dass er mir Callas versprochen hat und wir sie in einer Stunde in der Werkstatt brauchen… Nein, ich kann ihn nicht anrufen…« Noch bevor das Telefonat zu Ende ist, tritt Marinella auf sie zu.

»Weißt du noch, wie ich aufgewacht bin und ans Bett gefesselt war? Du hast behauptet, das seien Marsmenschen gewesen, und ich habe dir geglaubt…«

»Wir waren damals fünf Jahre alt, höchstens sechs… Du warst so dumm, damals schon, dass Mamma dich nie aus den Augen lassen konnte, genau das warst du…« Nun scheint Alessandra gehen zu wollen. Sie wendet sich zur Tür.

Marinella folgt ihr und packt sie an der Schulter: »Nein ... Hinsetzen!«

»Hinsetzen?« Alessandra ist erstmals verunsichert: Sie fragt und gehorcht zugleich.

Marinella versucht, sich zu beruhigen, um ihren gerade gewonnenen Vorteil nicht leichtsinnig zu vergeben. »Ja, gut so ... Hinsetzen. Ich kann mich noch genau an den Tag erinnern, als ich begriffen habe, dass meine Aufgabe, meine Rolle dir gegenüber die des Opfers war. Das gibt es, nicht wahr? Irgendwann durchschaut man es. Du schienst wütend, ich ruhig. Unterbrich mich nicht! Halt bloß den Mund. Du total wütend, die Rächerin, treffsicher wie ein gut geschossener Pfeil, grausam gegen sein Ziel. Ich ruhig wie die Wasseroberfläche eines Teiches. Dabei war das genaue Gegenteil der Fall, denn obwohl du völlig außer Kontrolle schienst, traute man nur dir zu, noch weiterzugehen ...«

»Ich hatte ein Ziel.«

»Und ich nicht. Aber vielleicht hilft es ja schon, wenigstens das zu begreifen, oder? Genau wie zu begreifen, dass man eins hat ...«

»Oh nein, wer sich eingesteht, keins zu haben, will sich nur selbst trösten. Du denkst zu viel nach. Manchmal wäre es besser, einfach etwas klarer zu sein.«

»Ich erinnere mich noch genau an den Tag. Ich habe gesehen, dass Mamma weinte, und fragte sie, warum. Du hast nichts gefragt, überhaupt gar nichts ... Mamma sagte immer dasselbe: ›Nichts, mein Schatz, du brauchst keine Angst zu haben ... Erwachsene weinen eben manchmal ...‹«

»Erwachsene weinen eben manchmal ... Solche Sachen hast du immer blind geglaubt.«

»Ich habe alles geglaubt. Ich habe geglaubt, die Welt sei untergegangen, und eine Sekunde später, dass alles von vorne losgeht. Ich habe geglaubt, dass es ein Leben nach dem Tod gibt, in dem wir für alles Erlittene entschädigt werden. Ich habe geglaubt, du seist stark und unbesiegbar. Ich habe wirklich geglaubt, dass mich die Marsmenschen ans Bett gefesselt hatten, weil ich geglaubt habe, dass ich, wenn ich endgültig dein Opfer geworden wäre, wenn es mein Ziel geworden wäre, kein Ziel zu haben – dass ich dann eine Überlebenschance hätte... Wie bei Tieren, die feststellen, dass sie keine Chance gegen ihren Feind haben, und sich deshalb harmlose Verteidigungsstrategien ausdenken: die Fellfarbe, die völlige Mimesis...«

Das Handyklingeln unterbricht ihren Redeschwall. Alessandra wirft einen kurzen Blick auf das Display, dann auf die Schwester. Ungerührt weist sie den Anrufer ab: »Beängstigend an dir ist die Unmenge an Konstruktionen, die du dir zurechtlegen kannst, und wie riesengroß du dein Sandkörnchen aufbläst: die Tiere, der Dschungel... und die Marsmenschen, denk mal drüber nach... Dabei war alles so fürchterlich banal: Unser Vater war abgehauen. Ende der Durchsage.« Schon wieder beginnt das Telefon in ihrer Hand zu klingeln. »Geh du ran. Sag, dass ich beschäftigt bin.«

»Nein.«

»Komm schon...«, lässt Alessandra nicht locker.

»Nein.«

Und während Marinella noch zurückweicht, hört das Telefonläuten auf.

»Zu spät«, stellt Alessandra fest, doch ohne Zorn.

Die Häuser, die wir sind

Als sie es klopfen hören, scheint sich eine andere Welt aufzutun. Marinella sieht die Schwester an, als müsse sie sich versichern, dass auch sie in der lärmenden Stille des Dschungels, in den es sie verschlagen hat, das präzise Pochen an der Tür vernommen hat, nicht stark, nicht schwach. Erst als Alessandra leicht nickt, geht Marinella die Tür öffnen. Auf der Schwelle steht eine große, kräftige Frau, sehr aufrecht, obwohl sie ganz offensichtlich älter als fünfundsechzig ist. In der Hand hält sie eine alte Blechdose. Sie beginnt zu reden, bevor Marinella irgendetwas sagen kann:

»Ich dachte ... Vielleicht brauchen Sie ...« Die Frau wartet, bis Marinella zur Seite tritt, um sie vorbeizulassen, bevor sie weiterspricht: »Ich habe etwas mitgebracht.«

»Wer ist das?«, fragt Alessandra die Schwester und setzt sich ihre Maske wieder auf.

Die Frau kommt einer Antwort zuvor: »Sie kennen mich nicht, das ist klar, ich wohne gegenüber ... Man könnte sagen, dass Ihr Vater und ich befreundet waren ...«

»Ah, gut.« Alessandras Stimme ist schneidend. Marinellas Blick scheint sie anzuflehen, keine Szene zu machen.

Die Frau ist nun an den Tisch in der Mitte des Raums getreten und stellt die Blechdose ab. »Hier sind Kekse ... selbstgebacken ...«

Alessandras hartnäckiges Schweigen ruft Marinella auf den Plan: »Danke, vielen, vielen Dank.«

»Danke, vielen, vielen Dank«, äfft Alessandra sie nach.

»Sie hätten sich doch keine Mühe machen müssen«, versucht Marinella, sie zu übertönen.

»Sie hätten sich doch keine Mühe machen müssen«, echot die andere.

Die Nachbarin mustert sie: Die beiden bekämpfen sich, als sei sie gar nicht anwesend. Sie nutzt eine kurze Pause, um sich an Alessandra zu wenden:

»Sie sind wahrscheinlich ... Alessandra.«

»Kennen wir uns?«, fragt Alessandra, ohne auf die ausgestreckte Hand der Frau zu reagieren.

»Nicht direkt.«

»Indirekt?«, fragt Marinella.

»Indirekt, natürlich«, krächzt Alessandra und zieht sich den Mundschutz vom Gesicht. »Vielleicht kommt ja heraus, dass das Papilein an eisigen Winterabenden vor dem warmen Feuer saß und von seinen Töchtern erzählt hat ...«

»Manchmal hat er das getan«, bestätigt die Frau, ohne auf Alessandras Sarkasmus einzugehen.

Marinella ist wirklich überrascht: »Ach ja?«

Die Nachbarin will gerade antworten, als Alessandra sich mit einem Sprung zwischen sie und die Schwester stellt: »Ach ja?« Doch diesmal hat ihr Nachäffen einen schrecklichen, extremen Tonfall. Ohne auf die Frau zu achten, packt sie Marinellas Arm und zieht sie brutal beiseite: »Was soll das? Willst du etwa mit der da reden?«

»Sie war doch nett«, verteidigt sich Marinella.

Ein kompaktes Schweigen fror den Moment ein. Als seien ihnen die Sätze ausgegangen, und ausgegangen auch die Worte, um die Sätze zu bilden, und ausgegangen auch die Buchstaben, um die Worte zu bilden. Dann zerriss ein jähes Gebrüll die Stille. Laute von Tieren und Vögeln auf der Flucht... Die Nachbarin wich einen Schritt zurück, um die stumme Begegnung der beiden Schwestern nicht zu stören. Nun, aus der Distanz, konnte sie sie betrachten: Sie wären vollkommen identisch gewesen, hätte das Leben sie nicht so unterschiedlich geformt. Denn es war schlicht unmöglich, von einer identischen Zermürbung auszugehen, nicht einmal bei Zwillingen, die vollkommen gleich zur Welt gekommen waren. Dass die eine jünger und die andere älter wirkte, war da nur das Offensichtlichste. Augenfällig war auch, dass Marinella sich ein feines Gespür für die Welt bewahrt hatte, wie jemand, der seine Neugierde sorgfältig pflegt. Wohingegen Alessandra scheinbar schon mehr verstanden hatte, als eigentlich in einem Leben möglich ist. Deswegen, wegen der dauernden Anstrengung, ihren Mitmenschen einen Schritt voraus zu sein, war sie vielleicht noch immer so hager wie ein Teenager, obwohl sie zwei Kinder in die Welt gesetzt hatte. Ja, es war genau so, als ob die eine ihre Tage damit verbringe, zu beobachten und sich Zeit zu lassen, während die andere die unkontrollierbare Notwendigkeit verspürte, immer weiterzurennen und vor allen Widersachern ins Ziel zu kommen. Dass Alessandra unter krankhaftem Ehrgeiz litt, stand zweifelsfrei fest, und ebenso, dass sie sich wie ein kleines Mädchen benahm, das überzeugt war, schon alles zu wissen. In diesem ganz bestimmten Alter, wenn die Mädchen zwölf, dreizehn Jahre alt sind und vom Engelsgleichen zum Diabolischen wechseln, wenn sie die Welt vermessen, als sei sie ihr Kinderzimmer. Marinella hingegen bewahrte die eigenwillige Anmut mancher reifer Frauen, die vom Diabolischen zum Engelsgleichen zurückgekehrt sind; die alles nehmen wie ein aufgeschlagenes Buch, in dem jede Buchseite ein ganzes Universum darstellt, in das es einzutauchen gilt.

»Manchmal hat er von euch erzählt ... Ohne Anlass, einfach so. Er sagte: ›Wusstest du, dass ich zwei Töchter habe? Mittlerweile sind sie erwachsen.‹ Dann schwieg er lange, schaute hinaus. Er war damals schon krank ... ›Ich glaube, sie wollen mich nicht mehr sehen‹, sagte er«, meint die Nachbarin, als sie glaubt, dass genug Zeit verstrichen ist.

»Das hat er gesagt?« Da, aus Marinellas Stimme spricht nun alle Verwunderung, zu der sie fähig ist.

Alessandra brüllt ihre Schwester an: »Was hat er gesagt?«

»Hat er wirklich gesagt: ›Ich glaube, sie wollen mich nicht mehr sehen‹?«, wiederholt nun Marinella und wendet sich direkt an die Nachbarin.

»Ja, ja, das waren seine Worte.«

Alessandra presst ihre Lippen zu einem Strich zusammen, dann stößt sie hervor: »Was erlauben Sie sich eigentlich?« Ihr Handy klingelt. »Jetzt nicht!«, schreit sie das Gerät an. Rabiat drückt sie das Gespräch weg und geht wieder zum Angriff auf die Nachbarin über: »Glauben Sie wirklich, hier in unsere Wohnung kommen und diese Geschichten erzählen zu können? Was haben Sie getan? Haben Sie ihm auch Kekse gebracht?«

Marinella versucht dazwischenzugehen: »Sie meint das nicht so ...«

Alessandra durchbohrt sie mit ihren Blicken: »Ich weiß selbst, wie ich das meine! Wer ist diese Frau? Was will sie hier?«

Der Klang der Stille breitete sich aus, als ohren-
betäubendes Pochen des Blutes in den Schläfen,
als Blasebalg des keuchenden Atems, als stetiges
Pulsieren des Trommelfells.

Wie Paukenschläge in der Savanne...

Alessandra sog die Luft ein, die den Neuan-
kömmling, den Eindringling umgab...

»Leute wie Sie erkenne ich am Geruch ...«

»Nein, Sie kennen mich nicht. Wer hat Sie denn so zugerichtet, dass Sie nicht einmal eine Freundlichkeit begreifen und aushalten können?«

»Ich ... Ich ...«

»Ich bin Ihnen unsympathisch, das kommt vor, nicht wahr? Zwei Menschen sehen sich und sind sich unsympathisch. Gut, Sie sind mir auch nicht besonders sympathisch, aber ich habe beschlossen, mich von diesem starken und deutlichen Gefühl nicht beeinflussen zu lassen, weil mir Ihre Schwester wiederum eine angenehme Person zu sein schien und scheint. Und weil Ihr Vater in dem Glauben gestorben ist, dass ohnehin Sie das unüberwindliche Hindernis dargestellt hätten ...«

Marinella mischt sich per Handzeichen ein: »Das stimmt nicht ... Ich kenne meine Schwester gut ... Das stimmt so nicht ... Sie ist nur sehr eigen. Und barsch natürlich.«

Alessandra dreht sich verblüfft um: »Verteidigst du mich? Wir stehen hier in der Wohnung unseres Vaters, und du rechtfertigst dich vor einer wildfremden Frau ...«

»Das ist es, das meinte Ihr Vater wahrscheinlich, wenn er sagte: ›Von den beiden stellt sie das unüberwindliche Hindernis dar‹«, sagt die Nachbarin.

Marinella will sie bremsen: »Unser Vater kannte uns überhaupt nicht, er konnte also nichts über uns sagen, verstehen Sie?«

»Redet ruhig weiter über mich, als sei ich gar nicht anwesend...« Alessandra lässt sich auf einen Stuhl fallen.

Die Nachbarin, die von einer Kapitulation ausgeht, widerspricht ihr: »Manchmal brauchen Eltern ihre Kinder gar nicht zu sehen, um sie zu kennen, sie kennen sie auf andere Art, sie kennen sie durch sich selbst...«

»Und das soll uns genügen? Schauen Sie, vergessen wir das, ich kann Ihnen da wirklich nicht folgen.« Marinellas Stimme ist nun wie aus Metall.

»Er saß ganz genauso da wie Sie«, bekräftigt die Nachbarin und zeigt auf Alessandra. »Sogar mit dem gleichen Ausdruck in den Augen.« In einem unkontrollierten Automatismus senkt Alessandra den Blick und starrt zu Boden. Die Nachbarin wartet kurz, dann wendet sie sich an Marinella: »Und seine Hände bewegte er genau wie Sie. ›Irgendwann wirst du sie kennenlernen‹, sagte er immer.«

»Wie rührend, sie haben sich geduzt«, flüstert Alessandra mit sarkastischem Unterton.

Doch die Nachbarin scheint schon daran gewöhnt, nicht auf sie einzugehen: »Und hier sind wir nun.«

»Gut, danke für die Lehrstunde, für die Erinnerungen, die Kekse und alles, aber wenn Sie erlauben, ich und meine Schwester haben jetzt noch ein paar private Dinge zu besprechen... Familienangelegenheiten«, sagt Alessandra kurz angebunden und erhebt sich ruckartig.

»Natürlich. Das ist verständlich...«, nickt die Nachbarin und geht zur Wohnungstür.

Sie ging ein paar Schritte von der Stube durch den Flur zur Tür, jenen kurzen Weg, den sie in den vergangenen Jahrzehnten wer weiß wie oft zurückgelegt hatte. Damals, als man in dieser Wohnung noch deutlich den Geruch wahrnehmen konnte von frisch gerauchten oder im Aschenbecher zurückgelassenen Zigarren, die wie abgelegte Liebhaber allein und unbeachtet erloschen. In ihrem Kopf regte sich kurz ein Gedanke des Friedens, der sie fast dazu brachte zu gehen, herauszutreten aus der Arena, wo die zwei Schwestern sich weiterhin gegenseitig die Existenzberechtigung absprachen.

Um sie herum das einhellige Flügelschlagen eines Vogelschwarms.

So bewegten sich die Gedanken in dieser Wohnung, gummiartig, umherspringend, ohne Hoffnung auf einen Ausweg.

Die Nachbarin zählte drei Schritte, bevor sie beschloss, sich noch einmal umzudrehen.

»Eine Sache wäre da noch«, sagt die Nachbarin. Bevor sie fortfährt, prüft sie, ob sie die volle Aufmerksamkeit der beiden Schwestern hat. »Wissen Sie noch, vor ein paar Monaten, als Sie Ihren Vater hier besucht haben?«, fragt sie und blickt Alessandra in die Augen.

Marinellas Miene wird zu einer vom Stumpfsinn gekräuselten Fläche: »Du warst schon einmal hier?«

Alessandra sieht sich um wie ein Tier im Fangeisen: »Spar dir dein übliches Theater«, knurrt sie die Schwester an, dann erwidert sie den scharfen Blick der Nachbarin. »Ich verbitte mir Ihre...« Die Stimme entfährt ihr wie ein Zischen.

Die Nachbarin hält dem Blick stand, um keinen Meter Land preiszugeben: »Ich brauche keine Erlaubnis.«

»Du warst schon einmal hier, du warst schon einmal hier...« Marinella wiederholt den Satz, als wolle sie ihn verzehren.

»Für uns war das! Ich dachte, dass uns wenigstens irgendetwas zusteht von diesem Widerling von Vater, den das Schicksal uns beschert hat, oder?«

»Aber du hast immer gesagt, dass er dich nicht interessiert...«

»Und das sage ich heute noch. Aber hier geht es ums Prinzip. Er hat uns alles genommen, alles, verstehst du? Und jetzt will ich alles!«

Die Nachbarin beobachtet, was sie ausgelöst hat, mit der Befriedigung eines Malers, der ei-

nem besonders ergiebigen Pinselstrich nach-
sinnt: »Sehen Sie? Was habe ich gesagt? Sie hat
eine Wut in sich…«, fährt sie an Marinella ge-
wandt fort.

Doch die kann nur an das denken, was ihr gerade offenbart wurde: »Aber zu mir hast du immer gesagt, ich solle ja nicht auf die Idee kommen!«

»Weil du eingeknickt wärst! Dir muss man nur
ein bisschen was vorjammern…«

»Wie wäre ich denn eingeknickt?«

»Du hättest ihm verziehen. Du willst ja immer
allen verzeihen! Und mit deiner blöden Heilig-
keit wärst du hingegangen und hättest diesem
Mann erlaubt, seine letzten Monate in Frieden
zu verleben, aber das wäre falsch gewesen!«

»Und er hätte genauso wie Sie gedacht«,
mischt sich die Nachbarin ein, während sie einen Applaus andeutet. »Er hätte gesagt: ›Recht
hast du, meine Tochter!‹«

»Ich hätte nicht zugelassen, dass er mir Recht
gibt! Dieser Mann hätte sich nie und nimmer erlauben dürfen, mir Recht zu geben!«

»Ach nein?« Die Frage der Nachbarin kommt
nicht herausfordernd genug.

»Nein. Nicht, nachdem er all die Jahre keinen
Gedanken an das Trümmerfeld verschwendet
hat, das er zurückgelassen hat!«

»Er hat mir oft erzählt, wie er euch ins Bett
brachte und Sie immer später als Ihre Schwester
einschlafen wollten, damit, so meinte er, ihr endlich alleine wart.«

»An so etwas kann ich mich nicht erinnern…«,
geht Alessandra darüber hinweg, doch ihre Ent-
schlossenheit gerät ins Wanken.

»Gewiss ist seitdem viel Zeit vergangen, aber
ich glaube, er hat mir diese Dinge erzählt, um

mir zu zeigen, dass er wenigstens für kurze Zeit ein Vater war ... ein richtiger ...«

»Mein Gott, du bist hier gewesen ...«, wiederholt Marinella.

»Ich bitte Sie: ein richtiger Vater, das nun wirklich nicht!« Nervös kramt Alessandra in ihrer Handtasche.

»Was hat unser Vater dir denn genau gesagt?«, fragt Marinella ihre Schwester, die sich mit dem Lippenstift einen Hauch Rot auflegt, ohne zu wissen, warum sie diese Handgriffe überhaupt tut.

»›Weiß deine Schwester, dass du hier bist?‹ Das hat er gesagt«, erwidert sie irgendwann, ohne aufzuschauen.

»Und du?«, bohrt ihre Schwester weiter. Die Nachbarin hält ein Lächeln bereit.

»Ich habe ihm gesagt: ›Lass meine Schwester aus dem Spiel ... Lass sie raus! Verstanden?‹ Das habe ich ihm gesagt.«

»Und er?« Marinella lässt nicht locker. Der abgestandenen Luft nach zu urteilen, wurde dieses Zimmer mindestens ein Jahr lang nicht gelüftet.

Alessandra versucht offenbar, Zeit zu gewinnen: »›Sie würde mich verstehen ... Sie würde mir verzeihen ...‹«

»Dachte er wirklich, ich würde ihm verzeihen?«

»Ja. Er dachte eben, dass du ein Dummkopf bist.«

Das Schweigen zwischen den Frauen hat nun die Beschaffenheit eines kosmischen Windes, wie ein zu Kristall erstarrtes Unwetter am Rande der Milchstraße.

»Du hast immer gesagt, dass du nichts willst.« Marinellas Überlegungen ziehen eine leuchtende Kometenspur hinter sich her.

Alessandra sieht sie an, als bemerke sie sie zum ersten Mal: »Ja, das ist allerdings wahr, das habe ich immer gesagt, aber dann habe ich mir gesagt: Nein, irgendwann kommt der Moment, in dem es sich nicht mehr auszahlt, wohlerzogen und distanziert zu sein, und dass man dann den Mut haben muss, sich die Hände schmutzig zu machen ...«

»Du meinst ...«

»Ich meine, dass ich alles will.«

»Aber damals, das eine Mal ... an Weihnachten ... Weißt du noch?«

Die Erwähnung von Weihnachten empfindet Alessandra als unerhört intim: »Müssen wir denn all unsere Privatangelegenheiten vor dieser Fremden hier ausbreiten?«

»Gut, ich denke, ich gehe dann besser«, stimmt die Nachbarin zu. Und geht entschlossen Richtung Wohnungstür.

Mit zwei Schritten steht Marinella neben ihr, mit dem Rücken zu Alessandra: »Danke, dass Sie nichts gesagt haben«, flüstert sie komplizenhaft.

Die Nachbarin rührt sich nicht, verzieht keine Miene, bis auf ein leises Zucken der Mundwinkel: »Bitte bitte ...«

Als Marinella in die Stube zurückkehrt, tritt ihre Schwester zu ihr: »Hast du dich bei ihr für mich entschuldigt? Wie immer: ›Tut mir leid, sie ist ein bisschen schwierig.‹ Oder hast du dich ihr anvertraut, wie damals zu Schulzeiten, als du mit den anderen getuschelt hast und ihr wie kleine Damen geredet habt ...«

Marinella wartet, bis die Nachbarin weit genug weg ist, bevor sie antwortet: »Du greifst mich an aus Angst, dass ich Erklärungen von dir verlange ... Ertappt, könnte man sagen. Die ganze Zeit machst du auf unerbittlich und gradlinig, und dann kommt heraus, dass du schon mal hier gewesen bist und mit unserem Vater gesprochen hast, obwohl du geschworen hattest, ihn niemals sehen zu wollen.«

Statt einer Antwort das Nichts. Alessandra schwächelt, aber reglos wie eine Ertrinkende, die gerade festgestellt hat, dass es nichts bringt, um sich zu schlagen.

Marinella sieht sie an, ohne etwas hinzuzusetzen, sie hat den Rettungsring griffbereit, aber nicht die Absicht, ihn zu werfen. Sie weiß, dass bei ihr nur das Schweigen die perfekte Waffe ist.

»Was ist nun? Was starrst du mich so an?«

»Ich versuche herauszufinden, wie weit du gehst. Das musst du mir schon zugestehen, wo ich immer so geduldig war, meine ich. Und jetzt versuche ich, ganz in Ruhe, zu kapieren, warum mir meine eigene Schwester völlig fremd ist... Das...«

»Dein übliches Problem. Du glaubst immer lieber an die anderen als an dich selbst. Merkst du eigentlich, wie leicht man dich ablenken kann?«

»Ablenken wovon denn?«

»Von mir! Von mir! Ist das so schwierig? Ich bin deine Schwester...«

»Gerade hast du gesagt, ich hätte mein Leben lang versucht, du zu sein, und jetzt wirfst du mir vor, mich ablenken zu lassen.«

»Wie üblich verstehst du nur das, was du verstehen willst.«

»Ich verstehe, dass du mich angelogen hast.«

»Das war keine Lüge.«

»Nein? Was war es dann?«

»Verschweigen... das ist nicht das Gleiche wie lügen... etwas nicht sagen...«

»Nicht sagen. Verstehe: dasselbe, was zwischen mir und Papà war. Wenn du in dem Glau-

ben eingeschlafen warst, dass auch ich eingeschlafen war... Wir haben uns abgesprochen,
dass ich so tue, als schliefe ich, um danach ein
wenig Zeit für uns zu haben...«

»Das habe ich durchschaut. Ihr habt geglaubt,
mich zu überlisten. Aber ich habe auch nur so
getan, wir haben uns alle etwas vorgespielt, deshalb ist es doch auch so zu Ende gegangen, wie es
nun mal zu Ende gegangen ist, oder?«

»Es gab keine Liebe... Deshalb ging es zu
Ende...«

Sie musste erneut daran denken, wie abgrund-
tief ihre Traurigkeit sein konnte. Ihr, Dottoressa
Alessandra Cappello, war es nicht vergönnt, sich
dem Schmerz hinzugeben. Nicht im Job, nicht
im Leben, nicht bei ihren Kindern. Und bei ihrem Ehemann, nun ja ...

Sie musste an all die Absurditäten denken, die
sie getan hatte, um jedes äußere Anzeichen von
Unwohlsein zu verwischen. Zum Beispiel, als
sie sich die Haare rot gefärbt hatte. Ein wichti-
ger Vertrag war geplatzt, einer von denen, die
das ganze Jahr absichern. Alles geplatzt, doch
sie von Tränen weit entfernt: schnell zum Fri-
seur und ein Vermögen ausgeben. Oder als man
ihr sagte, ihr Pap-Test falle zweideutig aus – sie
hatten wirklich »zweideutig« gesagt –, und sie
beschloss, dass nun der Moment gekommen
sei, die Badsanierung anzugehen. Zwei Monate Handwerker in der Wohnung machen jede
Krankheit zur Lappalie, sagte sie sich. Und das
Ganze in dem Wissen, sich dem Risiko auszuset-
zen, unangreifbar zu wirken. Was sie genau bese-
hen gar nicht so übel fand. Den Vater zu treffen,
beschloss sie aus Wut, doch erst nach allem, was
zu Hause passiert war, mit den Kindern, die grö-
ßer wurden, und dem ganzen Rest ...

»Okay… Das ist jetzt übertrieben… Beruhigen
wir uns erst einmal.« Aber das einzige Lebens-
zeichen ist das x-te Klingeln ihres Telefons…
»Ja… ja… Am Apparat, du hast meine Nummer
gewählt, wer soll schon rangehen? ICH GLAU-
BE NICHT, DASS DAS DER RICHTIGE MO-
MENT DAFÜR IST! Klar?« Als sie auflegt, sucht
sie den Blick der Schwester. »Beruhigen wir uns
erst einmal«, wiederholt sie. »Und seien wir offen miteinander: Wir waren nie die Art Zwillinge,
bei denen die eine etwas denkt und die andere
sie automatisch versteht, oder?«

»Ich schon…«, erklärt Marinella nach einer Ewigkeit, doch es klingt, als entdecke sie es
selbst erst in diesem Moment.

»Ich schon was?«

»Ich schon. Ich war diese Art Zwilling. Wie in
der Nacht, als du bei deiner Schulkameradin über-
nachtet hast… Ich und Mamma kamen dich abho-
len, und zu Hause staunten alle, weil sie nicht begreifen konnten, woher ich wusste, dass du nach
Hause wolltest. Doch die Antwort war schlicht,
dass ich wusste, dass du nach Hause wolltest.«

»Ja, es ging mir nicht gut.«

»Genau.«

»Was aber nichts heißt: Intuition gibt es nun
mal, oder? Ich würde das nicht überbewerten…«
Nach diesen Worten ist Alessandra danach, die
Schutzmaske wieder aufzusetzen.

Marinella murmelt gedankenverloren: »Weißt
du noch, als ich Fieber hatte und du die Erkäl-

tung? Was witzig war, weil bei der Grippewelle in dem Jahr die Erkältung immer mit Fieber auftrat, aber wir ... Damals dachte ich, das sei ein perfektes Beispiel dafür, wie man etwas miteinander teilen kann.« Sie bricht kurz ab, um herauszufinden, ob ihre Schwester weiter schweigen möchte, dann fährt sie fort: »Und deine Fähigkeit, genau meine wunden Punkte zu finden, lässt sich damit auch bestens erklären ...«

»Das liegt nur daran, dass du so durchschaubar bist. Immer schon warst.«

»Das hat ganz gewiss nichts mit Durchschaubarkeit zu tun.«

»Ach nein?« Es ist weniger eine Frage als eine Art Kapitulation. Tatsächlich schiebt Alessandra den Mundschutz beiseite.

»Nein. Im Übrigen trifft mich die Sache nicht besonders. Als wir noch klein waren, gewiss, als du dich an jeden drangehängt hast, der auch nur ansatzweise Interesse an mir zeigte, als du die schöne, beliebte Schwester gespielt hast ...«

»Als ob du nur dazu da gewesen wärst, um gequält zu werden ... Wie langweilig.«

»Natürlich nicht, aber das heißt nicht, dass du es nicht getan hättest ...«

»Ich bitte dich, was denn getan?«

»Mich meine Unterlegenheit spüren zu lassen ... So zu tun, als wüsstest du etwas, das mir verborgen bleibt; oder meine Freundinnen anzurufen, um ...«, Marinella hält inne und sucht nach den richtigen Worten, »... um mit ihnen herumzuschäkern ...«

»Und warum?«

»Um sie auf deine Seite zu ziehen.«

»Ach ja, und das Miteinander-Teilen ... Siehst du, wo deine Grenze ist? Ich habe fast die Krätze bekommen von diesem rührseligen Zeug mit der Übereinstimmung zwischen Zwillingen, wenn die eine vorhersieht, wo Gefahr für die andere lauert ... Was mich betrifft, sehe ich gar nichts vorher, ich handle lieber ... Deshalb sollten wir jetzt herausfinden, wie das hier weitergeht, ich möchte nämlich zu meinem Leben zurückkehren. Ich habe nicht den ganzen Tag Zeit ...« Überraschenderweise entfährt Marinella ein Lachen. »Was gibt's denn da zu lachen?«

»So ist es immer mit dir: Wenn du nervös wirst, heißt das, dass du etwas verstanden hast. Das habe ich im Laufe der Zeit mühsam gelernt: Wenn du die Krallen zeigst, fühlst du dich in die Enge getrieben. Es macht dir doch nichts aus, wenn ausnahmsweise ich mal die Küchenpsychologin spiele? Als jemand in dein Tagebuch schrieb: STIRB, DU NUTTE!!! ... Weißt du noch? Du warst dir deiner Macht über mich so sicher, dass du mich nicht einmal als Schuldige in Betracht gezogen hast. Dabei hatte ich es geschrieben. Ich, ich hatte das geschrieben!!«

»Redest du mit mir? Ich war kurz abgelenkt, ich habe mich gefragt, wie groß dieses Zimmer ist ...«

Sie dachte an den Tag, an dem sie sagte, dass sie dem Schulchor beitreten wolle, und Alessandra das als Unfug abtat, weil die Chorsänger in der Schule sowieso nicht ernst genommen würden... Und hinzufügte, dass Marinella für ihre blöde Chorfixierung nur aufgezogen würde – zumal sie nicht gut singen konnte – und dass dies in der Folge auch auf sie selbst zurückfalle. Und sie dachte daran, wie Alessandra sich einen Monat später selbst beim Chor anmeldete und sagte, sie würde alles tun, damit auch sie hineinkäme, wenn sie das noch wolle.

Sie dachte daran, dass sie niemals jemanden so geliebt hatte, wie sie ihre Schwester geliebt hatte, weil sie niemals jemanden so sehr gehasst hatte, wie sie ihre Schwester gehasst hatte... mit Leib und Seele.

Es ist das fieberhafte Treiben im Innern eines Termitenhügels, doch draußen, um diese Wohnung, außerhalb des Zimmers, erfüllen Insektenschwärme die Stille. Sie würden real, wenn Alessandra und Marinella sich plötzlich entschließen könnten, das Fenster aufzureißen und das Licht hereinzulassen wie die schmale Zunge eines Ameisenbären, die in den Leib des Ameisenhaufens fährt. Stattdessen verharren sie, um die Bitterkeit in der Finsternis des Stollens auszukosten.

»Also, sagen wir mal, ein Schritt ist ein Meter, wie viel haben wir dann?«, fragt Alessandra irgendwann, weil sie das Warten nicht mehr erträgt.

Marinella vermisst mit den Blicken den Raum: »Zwei mal vier ...«

Alessandra kramt in ihrer Tasche nach einem Notizblock: »Nichts Aufregendes, aber mit Potenzial. Muss natürlich alles neu gemacht werden, aber wenn man die Wand herausnimmt und die Tapete von den Wänden runter ist ... Ich meine, wer hat denn heutzutage noch Tapete?«

»Papà ... hat geraucht«, stellt Marinella fest, ihren eigenen Gedanken folgend.

»Er hat geraucht ...«, bestätigt Alessandra, dann fährt sie fort: »Wenigstens ist sie gut gelegen.« Instinktiv bleibt sie vor einem Stück hell gebliebener Tapete stehen, ein perfektes Rechteck. »Hier hing etwas«, behauptet sie.

»Ein Bild«, nickt Marinella.

»Meinst du?« Offenkundig eine rhetorische Frage, von der Alessandra selbst nicht weiß, warum sie sie stellt.

»Würde ich sagen, wegen der klaren Kontur…«, erwidert Marinella mit gerunzelter Stirn.

»Es könnte auch ein Spiegel gewesen sein.«

»Ja, könnte.«

Die Kauwerkzeuge der afrikanischen Termiten verursachen ein solch lärmendes Surren, dass Alessandra ihre Stimme erheben muss, um sie zu übertönen: »Jedenfalls steht fest, dass, was immer es war, nicht mehr da ist…«

Häufig sind die Dinge, die uns scheinbar fehlen, genau vor unserer Nase: Davon erzählten die Abwesenheiten ... Es ist möglich, dass Alessandra und Marinella zu den Menschen gehörten, die Antworten von den Dingen verlangten. Doch nun behauptete dieses dickflüssige Schweigen, dass es niemals die Dinge sind, die eine Antwort geben, sondern diejenigen, die sie benutzt haben, die sie hin- und hergeschoben, verschenkt, verkauft haben ... An der Stelle, wo die Kontur zurückgeblieben war, hatte ganz offensichtlich ein alter Spiegel gehangen. Und auf einem verlassenen, schlichten Schränkchen hatte möglicherweise, beziehungsweise sicher, eine Lampe gestanden, ein neutraler Gegenstand, weder schön noch hässlich, den vielleicht schon der Vater weggegeben hatte. So stellten sie sich die Geschichte dieser Gegenstände vor, die so offensichtlich abwesend waren. Sie stellten sich zum Beispiel vor, dass die Nachbarin die Lampe sehr gemocht und der Vater sie ihr geschenkt hatte. Und sie hatten die Szene genau vor Augen, wie sie sich zierte und einwandte, die Lampe gehöre der Familie. Und wie er sie bat, sie anzunehmen, die Dinge dürften nicht zu wichtig werden. Wenn wir sie nicht benutzten, solange wir lebten, hätten sie die dumme Angewohnheit, uns zu überdauern. An diesem Punkt der nacherzählten Spurensuche sagt die Nachbarin wieder Nein und nochmals Nein ... Doch ein paar Stunden später, als sie vom Einkaufen zurückkommt, steht die Lampe vor ihrer Wohnungstür. Die Dinge gehen den Weg, den die Menschen für sie vorsehen.

Ein leises Klopfen reißt sie aus ihren Gedanken.

Ohne ein Herein abzuwarten, betritt die Nachbarin die Wohnung, in der Hand ein paar Briefe. »Die Tür war offen. Ich habe in den letzten Tagen die Post mitgenommen. Es heißt ja immer, man soll den Briefkasten nicht überquellen lassen. Angeblich erkennen Einbrecher am Zustand der Briefkästen, wer zu Hause ist und wer nicht...«

»Sie schon wieder...« Alessandra geht ihr mit ausgestrecktem Zeigefinger entgegen und sagt übergangslos: »Meine Schwester und ich haben uns gefragt, wo denn die Sachen hingekommen sind, die hier ganz offensichtlich fehlen.«

»Fehlen?«

Alessandra weist auf die Wand, dann auf das Schränkchen: »Ja, fehlen«, wiederholt sie.

»Na ja, die Dinge gehen den Weg, den ihr Besitzer für sie vorsieht, und manchmal fallen sie zu Boden, zerbrechen, finden einen neuen Platz...«

»Nun, wenn Sie uns dann vielleicht einen Plan zeichnen könnten...« Alessandra wartet auf Antwort, Marinella wagt nicht, sich einzumischen, die Nachbarin sieht sie an, als verstehe sie nicht, was sie eigentlich ganz genau versteht.

»Einen Plan, auf dem die Wanderungen dieser wehrlosen Gegenstände verzeichnet sind...«, erläutert Alessandra.

»Wissen Sie was? Mir gefällt Ihr Ton nicht«, geht die Nachbarin pikiert zum Angriff über.

»Und mir gefällt das Bild nicht, das ich von Ihnen gewonnen habe«, gibt Alessandra zurück, um klarzustellen, dass sie im Fall der Fälle nicht einlenken wird.

Die Nachbarin lässt sich Zeit, bevor sie die Attacke pariert: »Wenn Sie klug wären, würden Sie sich damit beschäftigen, was Ihr Vater von Ihnen gedacht hat, als Sie nach all der Zeit durch diese Tür hereinkamen.« Ihre Stimme ist kalt, sie betont jede Silbe und sieht ihr dabei ins Gesicht.

»Glauben Sie wirklich, dass Sie so wichtig sind? Warum glauben Sie, hier den Vater spielen zu können?«

»Nach wie vielen Jahren?«

»Vierzig, es sind vierzig Jahre«, erklärt Marinella, als habe die Frage ihr gegolten.

»Er war immer hier, wo ihr ihn zurückgelassen habt... Aber es sind vierzig Jahre vergangen.«

»Wo wir ihn zurückgelassen haben?« Alessandra sucht den Blick der Schwester. »Er war es, der gegangen ist!«

»Vielleicht hatte er keine andere Wahl!«

»Vielleicht ist er geflohen, so wie Männer das gerne tun!« Alessandra geht auf die Nachbarin zu.

Durch die Weite des ausgedörrten Raums hallten die Trommelschläge bis tief in ihr Herz hinein. Die Völkerstämme der Menschen stampften auf den Boden, um den komatösen Leib der Erde wiederzubeleben. Die Familien der Insekten und Vögel erhoben sich in die Lüfte und verschmierten den Himmel mit beweglichen Flecken. Der Magmakern im Innern des Planeten erwiderte das Pochen mit einer fürchterlichen Kontraktion, die die Vulkane erweckte, die Meere zum Sieden brachte, seit Jahrtausenden begrabene Erdmassen an die Oberfläche presste. So offenbarten sich den Seefahrern plötzlich nie gesehene Inseln, eingestreut in die endlosen Weiten der Ozeane, versperrten sie Routen, die man für zuverlässig gehalten hatte.

Marinella hält sie zurück: »Nein, das tut dir nicht gut...«, sagt sie zur Schwester.

Doch die Nachbarin möchte ihren Vorteil nicht aufgeben: »Wenn ihr ihm erlaubt hättet, mit euch zu reden...«

»Nein! Er konnte nicht mit uns reden, weil er gegangen ist! Er konnte nicht mit uns reden, weil er gegangen ist«, wiederholt Alessandra, sie schreit und merkt es nicht.

Und sie würde es wieder und wieder sagen, wenn Marinella sie nicht aufhielte: »Jetzt beruhige dich...«

»Ihrem Vater hätte es wehgetan, wenn er Sie so weinen gesehen hätte«, tritt die Nachbarin nach.

Alessandra schaut sie an, holt ganz tief Luft, beruhigt sich unversehens, wie wenn an einem Augustnachmittag der Himmel erst wie ein undurchdringliches Knäuel wirkt und dann, nach ein paar Minuten dräuender Apokalypse, wieder aufklart, makellos und strahlend: »Ich werde niemals seinetwegen weinen...« Und sie verschwindet durch eine Seitentür.

Sie fand sich im Schlafzimmer ihres Vaters wieder. Im Vorbeigehen konnte sie ihrem Bild im Spiegel der Kommode nicht ausweichen: Alt fand sie sich. Dann sog sie durch die Nase sämtliche Luft ein, die sie brauchte, um Haltung anzunehmen, blähte ihre Brust, versuchte, zu lächeln und sich wieder in den Griff zu bekommen. Wenn sie ihre Gesichtszüge entspannte, wirkte sie jünger. Deutlich hörte sie Marinella und die Nachbarin im Nebenzimmer diskutieren. Es interessierte sie nicht, worüber genau sie sprachen.

Das Zimmer war in einer kompakten Ordnung erstarrt. Auf dem Polstersessel lag ordentlich gefaltet ein kleines weißes Leinenhandtuch mit einem eingestickten E im gleichen Farbton. Auf dem Nachttisch ein gerahmtes Foto: darauf zwei am Strand spielende Mädchen. Alessandra trat näher, um das Bild genauer zu betrachten. Sie kniff die Lippen zusammen, und als sie sich aus den Augenwinkeln im Spiegel sah, bemerkte sie wieder diese Verkrampfung im Gesicht, die sie so alt machte.

Ohne über die Schwere ihres Tuns nachzudenken, zog sie die Schublade des Schränkchens auf. Ihr Blick fiel auf einen Briefumschlag, auf dem ihr Name stand, und es war, als ob sie eine Geste ausführte, die ihr Vater seit Jahrzehnten vorausgesehen hatte. Ungläubig nahm sie den Umschlag und fühlte, dass er etwas Dickes enthielt. Ihr Name, Alessandra, war mit recht fester Hand geschrieben. Durch die Ritzen der angelehnten

Tür sickerte totales Schweigen, ein Hinweis darauf, dass die Nachbarin gegangen war und Marinella wartete.

Alessandra verstaute das Päckchen mit ihrem Namen darauf in der Handtasche und verließ das Zimmer: Überrascht musste sie feststellen, dass im Wohnzimmer gar niemand mehr war ...

*Allgemeine Theorie
des Ganzen*

Das Badezimmer ist klein. Alessandra findet ihre Schwester auf dem Rand einer Badewanne sitzend, die halb in die Mauer eingelassen und mit Allerweltsfliesen gekachelt ist. Das Tropfen eines undichten Wasserhahns taktet die Zeit.

»Ist sie weg? Ich dachte schon, du wärst auch weg...«

»Es muss noch eine andere Lösung geben...«, sagt Marinella nach einer Weile.

»Red keinen Unsinn, es gibt keine Lösungen...«

So sitzen sie da, mit dem tropfenden Metronom, bis der Moment reif scheint für eine Enthüllung. Jetzt könnte ich sagen, was ich getan habe, alles gestehen, flüstert Marinella in sich hinein. Die Schwester sieht sie an, als habe sie einen Moment des Zauderns gespürt und wolle sie nun ermutigen. Doch der Tropfen ändert seinen Rhythmus, der Moment ist verflogen.

Endlose Minuten vergehen, bevor Marinella wieder redet: »Hörst du?«, fragt sie.

»Das Tropfen.«

»Nein... nein. Nicht das.«

»Was denn?« Sie schweigt, um besser lauschen zu können. Nun glaubt sie, so etwas wie das Atmen eines Planeten zu hören, das Wirbeln eines Meteoriten in der schmierigen Weite des Weltraums.

»Hörst du?«, beharrt sie, und Alessandra würde ihr gerne zustimmen, hätte sie nicht Angst, ihr Recht zu geben.

Marinella beugt sich zum Wasserhahn der Badewanne, dreht ihn fest zu, und das Tropfen hört augenblicklich auf. Doch das Geräusch, dieser Klang wie von einem zurückgehaltenen Gedanken, von einer brummenden Hornisse, von einem vagabundierenden Sternenbrocken, scheint trotzdem nicht zu verstummen.

»Da, hörst du es?«

»Nein, alles ist wie vorher, nur ohne das Tropfen.«

»Hör genauer hin ... Da ist etwas, das an diesen Ort gefesselt bleibt ...«

Alessandra schüttelt trostlos den Kopf.

Die Nachbarin hatte schon immer gedacht, dass es in diesem alten Haus zu viele Geräusche gab, all seine Rohre, die ein Eigenleben zu führen schienen, und das viele Holz, das ständig knarzte... Manchmal, wenn sie sich allein und bedrängt fühlte, hatte sie sich unwillkürlich die Ohren zuhalten müssen. Es gab Tage, an denen ihre einzige Gesellschaft der summende Heizkessel und der brummende Radiator waren... wie Bienen und Hornissen! Sie fühlte sich hineingezogen in diese Kindheit auf dem Land, mit der wir alle angeben, um Eindruck zu schinden. Hineingezogen in jene Zeit, die unbedingt schön sein muss, unbedingt glücklich und frei von Sorgen. Vielleicht, um den Enkeln davon zu erzählen, wenn man welche hat. Eine Vergangenheit auf blühenden Feldern schien ihr besser zu den bitteren Zeiten zu passen, die sie durchleben musste. In diesen Klängen lag ein gewohnter und doch unbekannter Beigeschmack. In ihrem Alter konnte sie ihn ohne Überraschung wahrnehmen. In diesen Häusern, die wir sind, dachte sie, bleibt das Gewicht von dem zurück, was wir gesagt haben, aber auch von dem, was wir uns nicht getraut haben zu sagen. Die überflüssigen Worte und die unausgesprochenen ... Ja, so ist es. Sie war sich sicher, eines ganz genau gelernt zu haben: Wie sehr die Wände sich vollsogen, wie sie unablässig die Geräusche derer aufnahmen, die in ihnen gelebt hatten oder lebten. Sie selbst hatte aus der Vergangenheit nur Nachrichten von vermissten Seefahrern zusammengetragen, die ihre Botschaften als Flaschenpost aussandten.

»So ist es nun mal«, sagte sie zu sich selbst, »so und nicht anders.«

»Ich habe dir auch etwas zu sagen. Es geht darum, dass ich ... Ich war schon einmal hier«, sagt Marinella.

»Bitte nicht noch mehr Vertraulichkeiten ... Willst du der da Recht geben?« Ohne den Satz der Schwester an sich heranzulassen, springt Alessandra auf und beginnt, wie schon zuvor, das Badezimmer mit ihren Schritten der Länge und Breite nach zu vermessen. »Eins, zwei ... fast drei ... Schreibst du das auf?«

»Ich habe dir nichts davon gesagt, weil ich Angst hatte, du könntest mir irgendwelche Hintergedanken unterstellen.«

»Eins ... fast zwei Meter breit ... Klein halt ...«, fährt Alessandra unbeirrt fort, dann hält sie plötzlich inne. »Welche Hintergedanken könntest du denn gehabt haben?«, fährt sie plötzlich wie ein Blitz aus heiterem Himmel herab.

»Eben ...«

»Außer dass du dir die Wohnung greifen wolltest?«

»Da haben wir's.«

»Was haben wir?«

»Bei dir darf man sich niemals sicher fühlen ...«

»Nein, es ist nur so, dass du nicht geradeheraus sein kannst: Ist es denn so schwer zu sagen, dass du die Wohnung für dich wolltest?«

»Selbst wenn es so wäre, dann erklär mir doch mal, was es dich kosten würde. Brauchst du sie etwa? Du hast doch selbst gesagt, dass ich es nicht einmal zu einem Loch von Wohnung gebracht habe! Das hier wäre doch ein schönes Loch für mich ... Ein Ort, wo ich nicht immer auf die nächste Vertragsverlängerung warten müsste. Hm? Was ändert es für dich? Die ganze Wohnung ist in etwa so groß wie dein Wohnzimmer ...«

»Es ändert etwas, weil sie dir nicht gehört. Es ändert etwas, weil ihr, du und Papà, geplant habt, mich um das zu bringen, was mir zusteht.«

»Aber du brauchst sie doch gar nicht!«

»Wenn du es mit meinen Augen betrachten würdest, wärst du dir nicht so sicher ... Du kommst einfach her mit deinem ganzen Pech am Leib und trägst den Umstand, nichts im Leben erreicht zu haben, wie einen Pokal vor dir her! Aber die Leben der anderen sind nicht automatisch besser als deins!«

»Ach, sieh an ... Und was gibt es so Furchtbares in deinem perfekten Leben?«

»Perfekt, sagst du? Seit wann hast du mich nicht mehr gefragt, wie es mir geht? Ernsthaft, meine ich.«

»Wie es dir geht? Soll ich dich fragen, wie es dir geht? Wenn du aufrichtig wärst, könnte ich dich das fragen, wenn nicht schon allein der Gedanke eine Beleidigung wäre, du könntest einmal nicht alles total unter Kontrolle haben ...«

»Du hast keine Ahnung und kannst dir nicht im Entferntesten vorstellen, wie viel Aufwand mich das kostet, was du Perfektion nennst. Deine Projekte waren ja immer eher unbedeutend, banaler Kram ...«

»Ich war und bin damit beschäftigt, mein ganzes Scheitern mit mir herumzuschleppen. Glaubst du, da kann ich mich auch noch um das grausame Leid kümmern, das es bedeuten muss,

eine eigene Wohnung, eine Familie und einen
Ehemann zu haben?... Es geht einem ja so viel
besser, wenn man absolut nichts hat...«

»Ich würde nicht zu viele Witze darüber machen, vielleicht bist du näher an der Wahrheit,
als du glaubst...«

»Das ist kein Witz, du bist doch der Spaßvogel
von uns beiden, ich erzähle höchstens ein paar
amüsante Geschichten, die auch nur lustig sind,
weil du sie mir erzählt hast, und die bei mir lange
nicht so lustig klingen.«

»Die Sache ist, dass du nichts zu verlieren hast,
und das macht dich so hartnäckig, auf so leutse-
lige Art grausam.«

»Man braucht etwas, das man verlieren kann,
meinst du?«

»Was weißt du denn schon von mir!«

»Dass du einen Job hast.«

»Eigenhändig aufgebaut, selbst erfunden...
Was glaubst du, ist mein Mann glücklich? Und
ich?«

»Und du?«

»Und ich?«

»Warte, warte, lass mich raten: ›Glaubst du
etwa, ich will das Frauchen für Haus und Hof
sein? Immer nur Party und Charity? Dann hättest du eine andere heiraten müssen!‹«

»Im Großen und Ganzen.«

»Ich erinnere mich noch an die Zeit, als du dabei warst, diese Event-Agentur aufzubauen oder
wie wir es nennen wollen...«

»Das kann ich, und das habe ich gemacht...«

»Genau, und darin, das muss ich zugeben, bist
du mir absolut überlegen...«

»...Mein Mann hat eine Geliebte. Wage ja
nicht, mich zu bemitleiden! Du glaubst, Vertraulichkeiten seien dazu da, dass man bemitleidet

wird, aber das stimmt nicht. Sie dienen allein dazu, dass man jemanden hat, um Dinge auszusprechen, die wir schon immer sagen, aber eben tonlos, also: Mein Mann hat eine Geliebte ... Seit wann weiß ich das?«

»Genau: Seit wann weißt du das?«

»Ist das wichtig?«

»Keine Ahnung ...«

»Ich meine, ändert es etwas, wenn du weißt, seit wann ich es weiß?«

»Ich glaube, es hilft, die Sache zu analysieren ...«

»Genau, analysieren, ich hatte nie die Zeit zum Analysieren ... Das ist deine Sache.«

»Das hätte ich im Traum nicht gedacht.«

»Das hier ist der richtige Ort ... Im Bad, nicht wahr? Die wichtigsten Vertraulichkeiten haben wir immer im Bad ausgetauscht ...«

»Ach ja, ja.«

»Jedenfalls ist es circa ein Jahr her, da kommt er in die Agentur und sagt zu mir ...«

Er sagte zu ihr:

Du bist viel zu intelligent, als dass du nicht schon wüsstest, was ich dir zu sagen habe... Sicher ist dir nicht entgangen, dass ich in letzter Zeit abwesend war, sogar mit den Kindern, was eigentlich nicht passieren darf... Ich glaube, der Moment ist gekommen, um ein paar Sachen beim Namen zu nennen...

Ich hatte nicht den geringsten Zweifel, dass du gefasst reagieren würdest... Du kannst dir nicht vorstellen, wie ich mich fühle, allein der Gedanke daran, dir wehzutun... Ich werde euch jedenfalls nicht mittellos zurücklassen... Dich und die Kinder, meine ich...

Tu das nicht, ich habe doch gerade gesagt, was für eine außergewöhnliche Frau du bist...

Das sieht dir gar nicht ähnlich, so etwas zu sagen... Du weißt doch sonst immer, was du willst... Die Opferrolle passt einfach nicht zu dir. Ich bin mir sicher, dass wir es trotz allem, was wir uns gesagt haben, beide schon lange wussten...

Dann mach dich auf Krieg gefasst... mach dich auf Krieg gefasst...

»Seitdem herrscht Krieg.«

»Aber das ist dir ja auch lieber, als in Frieden vor dich hin zu leben ...«

»Ja ja, das kann ich dir sagen, manchmal versüßt es einem geradezu den Tag, jemanden aus vollem Herzen hassen zu können. Und man braucht sich nicht einmal besonders anzustrengen: Es reicht, das zu verlangen, was einem entzogen wurde. Er kennt mich gut genug, um zu wissen, dass er von morgens bis abends Angst haben muss: Er soll schwitzen am Telefon, soll denken, dass ich jede Planung zum Platzen bringen kann. Ich kenne ihn so gut, dass ich ihn mitten ins Herz treffen kann. Ich weiß, dass es ihn zermürbt, im Ungewissen zu bleiben, im ›vielleicht‹ und ›mal sehen‹, im ›ich melde mich‹ ... Und er soll wissen, dass ich – wenn diese Anspannung seine Ruhe endgültig zerstört haben wird, wenn seine Geliebte kapiert hat, dass dieser Mann niemals ihr gehören wird, und sie ihn mit einem kurzen Briefchen verlassen hat –, dass ich dann zu Hause auf ihn warten und ihm den Gnadenstoß versetzen werde, indem ich ihn zurücknehme, ohne nach Erklärungen zu fragen ... Weil er mir zusteht, er gehört mir!«

»Um auf diese Wohnung zurückzukommen ...«

»Genau, um auf diese Wohnung zurückzukommen: Es stimmt, ich bräuchte diese Wohnung nicht, besser gesagt, ich brauche sie nicht. Aber ...«

»Aber?«

»Aber ich habe mir gerade geschworen, niemals mehr freiwillig auf irgendetwas zu verzichten.«

»Warum, wann hättest du denn in deinem Leben jemals auf etwas verzichtet?«

Alessandra fällt eine wahre Flut von Situationen ein:

Damals, als ich über den Witz des Onkels lachte, der überhaupt nicht komisch war, und er mich, obwohl er mir bis dahin zugetan war, zu hassen begann.

Damals, als ich mich von Mamma überreden ließ, dir nicht zu sagen, dass ich bei der Zulassungsprüfung die volle Punktzahl erreicht hatte.

Damals, als sie mir verboten, meinen Vater zu verwünschen, der uns verließ.

Und als ich beschloss zu heiraten.

Damals, als ich zustimmte, mich meinem Sohn zuliebe nicht auf diese Stelle zu bewerben.

Fassungslos starrt Marinella ihre Schwester an: »Du hattest wirklich die volle Punktzahl?«

»Die höchstmögliche: achtzig Fragen, achtzig richtige Antworten. Und du?«

Marinella sieht zu Boden, während sie erwidert: »Achtzig Fragen, neununddreißig richtige ...«

»Weniger als fünfzig Prozent. Hm?« Alessandra nennt das Offensichtliche gern beim Namen.

»Es schien nicht so wichtig zu sein, Mamma sagte, es sei nicht so wichtig ...«, murmelt Marinella und macht eine Bewegung, als wolle sie aufstehen.

Alessandra hält sie mit der Hand zurück: »War es aber!« Dann gibt sie ihr großzügig die Erlaubnis, sich zu erheben. »Aber es ist schon okay so ...«

»Nein, ›ist schon okay‹ heißt bei dir, dass gar nichts okay ist ...«

»Gut, gar nichts ist okay.«

Marinella gönnt sich ein paar Sekunden, um ihre Atmung zu sortieren: »Merkst du eigentlich, dass das mit dir ein ewiger Kampf ist? Du weißt schon, dass man mit dir nicht reden kann ... Ich verstehe ja, dass du eine schwierige Phase durchmachst ...«

»Wir waren uns doch einig, dachte ich ...«

»Worüber!?«

»Kein falsches Mitleid. Soll ich dir was sagen? Ich weiß überhaupt nicht, warum ich hier bin. Was ich hier eigentlich will ...«

»Du bist gekommen, weil ich dich darum gebeten habe, oder?«

»Du hast mich darum gebeten, okay ...«

»Ein ständiger Kampf, merkst du das? Es war nie leicht, mit dir zu reden. Wie Mamma immer so schön sagte: ›Rede mit ihr, sag ihr, wie die Dinge liegen.‹ – ›Aber man kann ihr nicht sagen, wie die Dinge liegen, du weißt doch, wie sie ist.‹ – ›Ich weiß, ich weiß, aber rede trotzdem mit ihr.‹«

»Da, immer am Intrigieren.«

»Oh ...«

»Jetzt leugne noch das Offensichtliche ... Komm schon! Dein Leben lang hast du die Heilige gespielt, die Feinfühlige ...«

»Und du hast ein Leben lang deine Wut genährt. Jeden Tag. Niemandem bist du treuer gewesen als diesem Gefühl. Dein Leben lang hast du gegen alles und jeden gekämpft. Du bist ein Dschungel voll wilder Tiere, die ums Überleben kämpfen, um einen Platz am Wasser, das bist du: dermaßen empfindlich in deinem inneren Gleichgewicht, dass du von niemandem Hilfe annimmst und dir alles gefährlich vorkommt.«

»Bist du fertig?« Alessandra wartet einen Moment, bis Marinella nickt. »Gut, dann will ich dir eins erklären: Es gibt nichts, nichts, was du in diesem Moment sagen könntest, das für mein Leben entscheidend wäre. Und weißt du, wie viel besser es mir jetzt geht, nachdem ich dir das gesagt habe? Wo steht denn geschrieben, dass ich irgendetwas von dir annehmen müsste? Nur weil du meine Schwester bist? Du hast dein Leben auf dem Opferaltar verbracht, die Messerklinge stets einen Millimeter von der Kehle entfernt, aber niemand hat dich dort festgehalten ... Du hättest gehen können, dich befreien ... Dich befreien? Weit gefehlt! Niemals, weil du nämlich frei, als völlige Herrin deiner selbst, etwas zu Ende bringen müsstest. Und was gibt es Besseres, als eine perfekte Null zu sein ...«

»Nichts von dem, was du sagst, kann mich mehr verletzen ... Lass uns über die Feste sprechen: ›Du hier, du dort ... Achtet auf die Namensschildchen ... Noch nicht setzen ... Zuerst den Aperitif ...‹; ›Das Gesteck in der Tischmitte habe ich extra anfertigen lassen, hättet ihr gedacht, dass das kleine Kohlköpfe sind?‹ Ohh ... Staunen ... Und wer nicht genug staunte, lief Gefahr, sich den Abend zu versauen.«

»Ich war monatelang mit den Vorbereitungen beschäftigt!«

»Für wen? Wenn du mir vielleicht diese einfache Frage beantworten könntest, wäre alles leichter.«

»Es ist mein Job, andere glücklich zu machen, ihre blöden Erwartungen zu erfüllen, deshalb kommen sie zu mir.«

In dem kleinen Badezimmer bleiben die Worte hängen, es dauert, bis sie einen Spalt nach draußen finden. Alessandra beobachtet stur die winzige Linie eines Risses in der Wand, wo der Spiegel hängt. »Immer war ich es, die die Schläge abbekommen hat, von wegen ...«, fährt sie dann fort, »immer ich ... Ich habe einen Großteil meiner Zeit damit verbracht, mir zu sagen, dass ich stark genug bin, um alle Rückschläge auszuhalten. Du bist das, du, habe ich mir immer wieder gesagt. Du bist das. Und wenn man das weiß, kann einen nichts umwerfen. Die Ungewissheit, die wir durchlebt haben, kennst du genau, da gab es keine andere Möglichkeit, als die Messer zu wetzen ... Die Taktik zu verfeinern ... Immer auf alles vorbereitet zu sein. Deshalb stimmt es vielleicht, am Ende habe ich mich jedem Angriff ausgesetzt, jeder Beleidigung ... Komisch, oder? Je mehr man sich zu wappnen glaubt, desto schwächer wird man ...«

»Das hängt davon ab, ob man es sich in den Kopf setzt, gegen die eigene Natur zu kämpfen, glaube ich.«

»Was wäre denn meine Natur? Lass mal hören.«

Diese Frage möchte Marinella auf keinen Fall beantworten. Sag es ihr jetzt, flüstert sie sich selbst zu. »Ich habe jemanden getroffen ...«, stößt sie eilig hervor.

»Wie das?«

»Äh ...«

»Wie das ...? Alles ... Du musst mir alles sagen!«

»Was weiß ich ... Kennst du solche Nachmittage, an denen es scheint, als könne gar nichts passieren ... Es ist ja nicht so, dass die letzte Zeit jobmäßig besonders rosig war. Kennst du ja ... Die Bezahlung ist, wie sie ist ... Jedenfalls habe ich früher Schluss gemacht und ... Ich bin ein wenig herumgeschlendert. Du hast den Himmel nicht gesehen, der war zum Verlieben. Von einem merkwürdigen Blau, als hätte ich noch nie im Leben einen Himmel gesehen ... Stellst du dir jemals solche Fragen? Jedenfalls war es so, dass, was wie das Ende von allem schien, in Wirklichkeit der Anfang war ... Ich ging in eine Bar, und dort war er ... Und fragte, ob ich etwas trinken wolle ...«

»Und du?«

»Nein, nicht was du denkst. Ich habe mir einfach nur gesagt: Okay, du bist voreilig, du wirst alt und erlebst einen Misserfolg nach dem anderen, dann kannst du dich genauso gut auf ein warmes Getränk einladen lassen.«

»Bist du mit ihm ins Bett gegangen? Du bist mit ihm ins Bett gegangen. Und vielleicht hast du dich sogar verliebt. Was soll ich nur mit dir machen? Seit wann geht das schon?«

»Tja, seit mehr oder weniger einem Jahr ...«

»Ein Jahr? Und das hast du die ganze Zeit vor mir verheimlicht ...«

»Nein, nicht verheimlicht ... Du weißt doch, wie das ist, oder? Ich wollte mir sicher sein. Ich will mir ein Leben aufbauen. Und ich will, dass du dich darüber freust ...«

»Du sagst das, als hinge dein Glück von mir ab ... Das tut es aber nicht: Sosehr du auch das Gegenteil glauben magst, unser Glück hängt nicht von anderen ab, sondern allein von uns selbst ...«

»Ja, und die Sommer werden auch immer kürzer, stimmt's?«

»Willst du dich über mich lustig machen? Ich an deiner Stelle würde die Bedeutung von Gemeinplätzen nicht unterschätzen ... Gesellschaften überleben dank der drei, vier Unverzagten, die den Mumm haben, sie ohne falsche Scham auszusprechen ... So so, das Schwesterchen ist also verliebt.«

»Ja, ich glaube schon ...«

»Du glaubst?«

»Ja.«

»Und wer ist es, kenne ich ihn?«

»Ob du ihn kennst?« Das Wiederholen der Frage macht sie nicht ruhiger. »Nein, ich glaube nicht, dass du ihn kennst. Ich bin mir sogar sicher, dass du ihn nicht kennst.«

»Dann ist es jemand aus deinem Freundeskreis?«

»Eigentlich nicht ... Ich habe ihn in der Bar getroffen ...«

Marinella hätte von dem Gewicht erzählen sollen, das ihr auf Nacken und Schultern lastete, als trage sie eine schwere Stahlkette mit sich herum, seit sie Giulio in der Bar getroffen und er sie zu einem Getränk eingeladen hatte, das sie bereitwillig annahm. Dann hatten sie lange geredet, und er hatte gesagt, es habe eine eigenartige Wirkung auf ihn, dass sie so ruhig miteinander redeten. Und sie hatten gelacht, weil es beiden komisch vorkam, dort zu sein. Sie hatten sich merkwürdig und anders gefühlt, so abseits von allem, als sei es von Bedeutung, dass sie sich an diesem Nachmittag zufällig in einer Bar getroffen hatten.

Marinella lachte und lauschte den kleinen Zwischenfällen auf Giulios Arbeit und stellte dabei fest, dass er grüne Augen hatte. Und sagte es ihm. Und er schüttelte den Kopf, wie um zu bedeuten, dass an ihm nichts mehr sei, was der Begutachtung wert wäre. Marinella begriff, dass die Gefahr, sich zu offenbaren, mit ganzer Kraft Gestalt annahm. Und wirklich sprudelten beim zweiten Cocktail die Geständnisse.

Alessandra muss lachen. Marinella sieht sie abwartend an, sie weiß, wie unwägbar die Heiterkeit der Schwester ist. »Was ist?«, gibt sie am Ende nach.

»Was ist was?«, fragt Alessandra zurück.

»Du lachst.«

»Ja, ich finde es merkwürdig, dass wir uns hier im Bad Sachen erzählen ... Und dann noch solche. Du hast mir ja nicht gerade oft von deinen Liebesdingen erzählt ...« »Liebesdinge« ist ein Wort, das Alessandra in dieser Situation angemessen erscheint.

»Vielleicht gab es bisher auch nicht so viel zu erzählen.« Marinellas Feststellung kommt völlig aufrichtig.

»Ich habe dir immer alles gesagt.«

»Tja ... Das hast du zumindest behauptet.«

»Was meinst du damit?«

»Na ja, dass es ziemlich schwierig ist, sich wirklich alles zu erzählen, selbst beim besten Willen.«

Sie lauschten stumm dem Schwappen, das ein Krokodil verursachte, als es wie eine schwimmende Insel durchs Wasser trieb, die Augen knapp über der Wasserlinie und bereit, nach allem zu schnappen, was töricht und durstig genug war, sich dem Flussufer zu nähern ...

»Ihr trefft euch also, und du stellst fest, dass er der Mann deines Lebens ist.«

»Zusammengefasst, ja«, flüstert Marinella.

»Hat er es denn zuerst gesagt?«, bohrt Alessandra weiter.

Marinella bläst ihre Lungen mit Luft auf: »Weiß nicht«, sagt sie, »wer weiß schon, wie diese Dinge genau passieren.«

»Okay, aber was habt ihr zueinander gesagt?« Alessandras Neugierde wirkt nicht einmal aufdringlich. Im Gegenteil: In ihrer Stimme schwingt plötzlich ein warmer Unterton mit.

»Tja, was man sich halt so sagt in solchen Fällen...«

Zum Beispiel, dass er sich für Marinella entschieden hätte, wenn sie ihn damals, als sie jung
waren, nur mit demselben Blick angesehen hätte,
mit dem sie ihn jetzt ansah. Dann drangen sie vor
in die Stollen aus Sagen und Nichtsagen, wohl
wissend, dass zu schweigen in ihrer bestimmten
Situation genau das Gleiche war, wie sich alles
zu sagen. Formulierungen wie: »Wir haben uns
verstanden, oder?«, »Du brauchst nicht wei-
terzureden«, »Frag nicht weiter«. Oder solche:
»Es funktioniert schon seit Jahren nicht mehr«,
»Wir haben es für die Kinder getan« …

Noch am selben Abend hatten sie Sex, und sie
konnten mit Recht behaupten, einiges getrunken
zu haben.

Doch als sie sich das zweite Mal sahen und
dann das dritte Mal, waren sie völlig nüchtern.

»Vorhin hast du mich gefragt, was Mamma über dich gesagt hat, willst du es wirklich wissen?« Alessandras Stimme hat eine ganz besondere Konsistenz. Marinella antwortet nicht, sie scheint in abgrundtiefe Gedankengänge versunken. Deshalb fährt Alessandra unaufgefordert fort: »Sie sagte: ›Schau mal, meine Tochter, deine Schwester kann viele Schlachten verlieren, aber am Ende gewinnt sie den Krieg.‹«

Marinella fährt jäh hoch: »Ich weiß, worauf du hinauswillst...« Für sie fühlt es sich mittlerweile an wie die Angst vor Hunden, eine aus der Erfahrung genährte Angst. Da mag das Herrchen noch so oft versichern, der ist ganz brav, der will nur spielen... »Jetzt sagst du gleich, dass es mit unserem Vater genauso war...«

»Und das ist ja auch verständlich: Jetzt siehst du alles im Licht dieser frischen Liebe... Aber ja, sie ist verliebt...«

»Was soll das, unterstellst du den anderen deinen eigenen Zynismus? Zusammen mit den paar Verstreuten, die auf Gemeinplätzen beharren, braucht diese Welt vielleicht auch jemanden, der ein wenig Poesie zu schätzen weiß...«

»Jetzt fehlt nur noch, dass du sagst: ›Vielleicht hatte Papà ja auch einen Grund für das, was er getan hat.‹... Sag es!«

»Ja! Vielleicht ist es genau so! Ich habe mich gefragt, was du – wenn du nicht einmal den Menschen kennst, der über zwanzig Jahre an deiner Seite lebt – dann von einem Vater wissen kannst, der das Haus verlassen hat, als du nicht einmal zehn Jahre alt warst...«

»Und was willst du damit sagen?«

»Nichts, wirklich, nichts, alles okay... Aber etwas anderes will ich dir sagen: Ich habe es satt, alles im Verborgenen zu tun, um dich nicht zu verärgern... Mein ganzes Leben habe ich mich, bevor ich etwas getan habe, immer gefragt, was du denken könntest, was du sagen könntest.«

»Und was dachtest du, würde ich sagen?«

»Irgendwas.«

»Wie oft warst du denn hier, um mit deinem lieben Papà herumzuscharwenzeln?«

»Zweimal... die Woche... im letzten Monat...«

»Im letzten Monat?«

»Ja... Du kannst dich wirklich an nichts erinnern, stimmt's?«

»An was?«

»Wir waren hier, saßen genau dort, wo wir jetzt sitzen, er mit dem Rücken zu uns, er hat sich rasiert... Und beim Rasieren erzählte er uns diese Geschichte...«

Es war die Geschichte einer Insel, die infolge eines Erdbebens irgendwo vor Sizilien aufgetaucht
war. Die Erdkruste war aufgebrochen wie ein
Stück trockenes Brot, das von zwei gigantischen
Händen geteilt wird. Das Meer war hochgekocht.
So war die Insel mit einem Stoß aus der Tiefe
hervorgetaucht. Wo zuvor nur die horizontale
Fläche des Wassers gewesen war, ragte nun die
aufgekommene Erde empor. Eine Insel aus zwei
identischen Bergen, wie die spitzen Brüste einer
riesigen Sirene, die auf dem Rücken schwimmt ...

Bevor er weitererzählte, zog Ernesto die Haut
um das Kinn straff und beugte sich zum Spiegel,
um den Stand der Rasur zu begutachten. Alessandra und Marinella lauschten fasziniert.

Sie konnten sich vorstellen, wie die Seefahrer
und Fischer oder die Korvettenkapitäne und ein-
fachen Schiffsjungen staunen mussten, die sich
in genau dem Moment auf dem hochkochen-
den Meeresabschnitt befanden, als das Eiland
aus dem abgründigen Nichts auftauchte. Glän-
zende Felsen, der Panzer eines Dickhäuters, ein
schwimmendes Raubtier.

Alessandra hatte kein Anzeichen von Staunen
erkennen lassen, ihre Faszination war in Sekun-
denschnelle erloschen, weil Inseln nicht einfach
plötzlich auftauchen.

Ernesto hatte innegehalten und die Tochter
durch den Spiegel betrachtet. In ihren Augen
konnte er die ungeheure Anstrengung lesen, die
es kostete, zeitgleich zu lieben und zu hassen.

Also hatte er sie darauf angesprochen und sie einen Naseweis genannt. Es gab Bücher, in denen die Geschichte belegt war, die besten Wissenschaftler hatten sich damit beschäftigt. Doch Alessandra gab nicht nach, sie bekräftigte, dass ein solches Land unmöglich existieren könne, denn die Erde sei dafür gemacht, betreten zu werden, und vielleicht wollte sie insgeheim sagen, ohne genau zu wissen wie, dass die Erde dafür gemacht sei, Leben aufzunehmen.

Ernesto war das Nichtgesagte keineswegs entgangen. Er hatte sich das Gesicht abgetrocknet und sich seinen Töchtern zugewandt. Er hatte Alessandra gefragt, was sie damit meine, welcher Grund hinter ihrer Unruhe stecke. Doch er wusste, dass er die Antwort bereits kannte.

Dann hatte Marinella die eine Frage gestellt, die offenbar niemand stellen wollte. Sie hatte gefragt, was jemand als sein Geburtsland angeben konnte, der zufällig auf dieser Insel geboren wurde, die zum Verschwinden bestimmt war.

Und der Vater hatte sie in den Arm genommen: Er hatte geantwortet, dass so jemand trotzdem auf dieser Insel geboren sei, und der Umstand, dass es sie nicht mehr gebe, nicht heiße, dass er keine Heimat habe ...

Alessandra zeigt eine merkwürdige Reaktion, statt sich aufzulehnen, scheint sie einzulenken. »Ich kann mich an keine Geschichte erinnern«, sagt sie, als meine sie das Gegenteil.

»Natürlich erinnerst du dich. Ich glaube, unser Vater wollte uns damit etwas ganz Bestimmtes sagen.« Sie redet mit der Schwester, als habe sie Angst, sie aufzuwecken.

»Gewiss. Dass er weggehen würde, das wollte er uns sagen.« Alessandra schüttelt den Kopf, sie sieht todmüde aus. »Und weißt du was? Ich gehe jetzt auch! Ich hatte mir geschworen, keinen Fuß mehr in diese Wohnung zu setzen!«

»Und trotzdem bist du zurückgekommen!«

»Ja, das stimmt, und zwar aus einem guten Grund... aus einem sehr guten Grund... Aber lassen wir das...«

»Nein, wir lassen das nicht: Weiter, aus welchem Grund?«

»Wegen dir bin ich gekommen! Wegen dir!«

»Wegen mir?«

»Ich dachte, wenn unser Vater gewusst hätte, wie sehr ich ihn verachte, hätte er sich vielleicht nicht so schwer getan, dir alles zu hinterlassen...«

»Aber es gab keinen Grund dafür... ihn zu beleidigen, zu verbittern... Er lag im Sterben!«

»Er hatte uns verlassen.«

»Vielleicht hatte er keine andere Wahl!«

»Ach nein? Dann erzähl mal...«

»Was denn erzählen? Ich weiß nicht... Wir sind ja keine Kinder mehr...« Marinella setzt sich zurecht. »Ich beschäftige mich gerade mit einer Theorie aus der Physik«, sagt sie dann unvermittelt, »die mit der Notwendigkeit zu tun hat, einen gemeinsamen Punkt zu finden. Eine Allgemeine Theorie des Ganzen. Sie besagt, dass es einen Punkt gibt, in dem auch noch die gegenläufigsten Hypothesen zusammenlaufen. Einen einzigen Punkt, der schwer zu finden ist, den zu suchen sich aber lohnt… Ja, und ich glaube, der Versuch, unsere persönliche Wut zusammenzubringen mit dem Tod dieses Mannes, der unser Vater war, ist genauso schwierig, wie einen gemeinsamen Punkt zwischen der Quantenmechanik und der allgemeinen Relativitätstheorie zu finden…«

»Ach du lieber Gott!«

»Nein, lass mich zu Ende reden…«

»Bitte, ich muss mich nur mal anders hinsetzen…«

»Vielleicht stellt die Wohnung für uns diesen Punkt dar… Wir sind hier, verstehst du? Und vielleicht ist das die letzte Gelegenheit für uns, vollkommen ehrlich miteinander zu sein.«

»Aber wer sagt dir denn, dass mich deine Ehrlichkeit überhaupt interessiert? Was habt ihr bloß immer alle mit dieser Ehrlichkeit! Du bist doch nur ehrlich, um dir ein reines Gewissen zu verschaffen, das ist alles, aber ich kann mit deiner Ehrlichkeit nichts anfangen, deshalb tu mir einen Gefallen und lüge. Lüg einfach weiter…«

»Worüber?«

»Über das Ganze… Allgemeine Theorie des Ganzen: Bitte, lüg doch einfach weiter über das Ganze.«

»Ich meinte, dass es einen Moment geben muss, eine Handlung… etwas, das diesen Schmerz auslöscht. Diese Art von Schweigen, das wir in uns tragen, auch wenn wir reden.«

»Weißt du eigentlich noch, wie wir ans Meer gefahren sind? Wir waren sechs oder sieben Jahre alt...«

»Weiß ich nicht mehr...«

»Eben.«

»Was soll ich tun, wenn ich mich nicht erinnern kann?«

»Damals hatten wir noch einen Vater...«

»Erzähl.«

»Lassen wir das.«

Marinella erinnerte sich sehr gut:

... Es war ein heißer Tag Ende Juli, Mutter und Vater waren noch zusammen. Alessandra und sie hatten gefragt, ob sie am Wasser spielen dürften. Die Mutter hatte es erlaubt, das Wasser war an der Stelle noch flach, und es konnte nichts passieren... Der Vater jedoch hatte Alessandra, die schon damals die Welt wie einen Feind betrachtete, fest in die Augen geschaut. Dann war er aufgestanden und hatte eine Schaufel in den nassen Sand gesteckt und ihr verboten, darüber hinaus zu gehen: Die Schaufel war die Grenze. Alessandra hatte nichts gesagt, sie wusste genau, warum der Vater im Singular gesprochen hatte. Sie hatte nichts gesagt, in dem Sinne, dass ihr Blick so unverstellt war, dass er deutlicher sprach als ihr Mund. Und während sie dem Vater mit einem Ja antwortete, sagte ihr Blick Nein: »Wenn du kurz mal nicht aufpasst«, sagte er. Wenige Minuten später hatte die Schaufel sich ein Stück verschoben, nicht viel, gerade mal einen Schritt, doch sie hatte sich verschoben... Minimal. Also hatte der Vater sich aus dem Liegestuhl erhoben, hatte die Schaufel gepackt und sie genau dorthin zurückgesteckt, wo sie gerade noch gewesen war...

Alessandra forderte den Vater zum Duell der Blicke: In ihren Augen stand zu lesen, dass sie es wieder versuchen würde, sobald er nicht aufpasste... So vergingen weitere fünf Minuten, und der Vater bemerkte, dass die Schaufel wieder nach vorne gerückt worden war, skrupellos, sogar noch ein Stückchen weiter als zuvor ... Er stand auf und steckte sie zurück. Nun erst blickte seine Frau ihn anerkennend an, weil er aus Verantwortungsgefühl riskierte, sich unbeliebt zu machen. Als er sich wieder setzte, raunte sie ihm zu, dass es nur Kinder seien, dass er nachsichtiger sein könne. Und er sagte zu ihr, es sei noch nicht vorbei, es sei nie vorbei mit jemandem, der dich so anschaue. Tatsächlich konnte er gerade mal eine kurze Meldung in der Tageszeitung lesen, und schon steckte die Schaufel nicht mehr an ihrer Stelle ...

An all das erinnerte sich Marinella ganz genau, doch sie wusste, dass das Erinnern nicht ihr zustand, sondern ein Vorrecht ihrer Schwester war, durch das sie die Macht ausübte, die sie brauchte, um einen Sinn zu finden.

Sie erinnerte sich an den Strand und diesen ganz bestimmten Geruch nach verfaulten Algen, sie erinnerte sich an das Strandjäckchen der Mamma und an die roten Streifen des Liegestuhls. Sie erinnerte sich daran, wie sie geschwiegen hatte, als der Vater mit Alessandra schimpfte, und sie erinnerte sich, wie gerne sie die Schuldige gewesen wäre, obwohl sie die Schaufel nicht berührt hatte.

»Nichts davon stimmt«, sagt Marinella, die sich keine bessere Genugtuung für sich vorstellen kann.

»Was?«, fragt Alessandra.

»Dass ich jemanden getroffen habe...«, erklärt Marinella mit so sicherer Stimme, dass sie über sich selbst staunt.

»Was heißt das, nichts davon stimmt?« Nun ist Alessandra wirklich verwirrt.

»Ich habe es erfunden, es gibt keinen Mann. Ich dachte nur...«

»Aber warum?«

»Ich dachte nur...«

»...Was dachtest du nur? Hm?«

»...Ach, was weiß ich... Ich dachte nur und nichts weiter... Außerdem war es die Sache wert, allein um dein Gesicht zu sehen...«

»Welches Gesicht denn... Was redest du da? Welches Gesicht?«

»Ein unglückliches. Soll das heißen, dass sie einmal etwas hat, was ich nicht habe?, hast du dich gefragt, das stand in dein Gesicht geschrieben...«

»Und welches Gesicht soll ich jetzt haben?« Alessandra traut ihren Ohren nicht.

»Ein erleichtertes, könnte man sagen...«

Alessandra hält ihre Bestürzung nicht zurück, wird heftig: »Erleichtert? Wie kann man so etwas auch nur denken? Erleichtert, weil du unglücklich bist? Glaubst du das wirklich?« Ihre Oberlippe zittert leicht. »Damit du es weißt, in solchen Momenten habe ich den Eindruck, besser gesagt, die Gewissheit, an allen Fronten versagt zu haben. Es ist ein Gefühl, als seien mir die besten Dinge entglitten ... Vielleicht liegt es daran, dass ich wirklich unzählige Tage mit der Suche nach Gründen, nach Erklärungen verbracht habe, wo es keine Erklärungen gab ... Das ist es ... Ist es nicht fürchterlich, dass man alt werden muss, um diese Klarheit zu bekommen?«

»Freunde?«, fragt Marinella.

Alessandra spielt die Beleidigte, dann muss sie lächeln: »Wie hieß diese Theorie?«

»Des Ganzen.«

»Ja, die Theorie des Ganzen: Ab ins Klo mit ihr.« Nun lachen sie so leise, als dürfe niemand sie hören. »Freunde«, flüstert Alessandra. »Vielleicht ist das der richtige Moment, um mir zu sagen, was du sagen wolltest«, fügt sie hinzu, und in ihrer Stimme schwingt ein warmer Unterton mit.

»Was ich dir wann sagen wollte?«

»Vorhin ...«

»Wann vorhin?«

»Wann vorhin?«

»Ja, sag du es mir.«

»Was?«

»Ich weiß nicht was. Du hast damit angefangen.«

»Du machst dich über mich lustig ... Dann muss ich dir etwas sagen: Es geht um den Grund, warum ich hergekommen bin, den Grund, warum ich nach vierzig Jahren diesen Mann treffen wollte ... Weißt du, es gibt da etwas, was Mamma uns immer verschwiegen hat, eine dumme Nebensache vielleicht, aber für mich war sie wichtig ...«

»Ich weiß nicht, ob ich das überhaupt wissen möchte ...«

»Gut, ich habe nichts gesagt.«

»Okay, okay...«

»Vielleicht bist du enttäuscht, erwartest dir wer weiß was, und dabei ist es nur eine Nebensächlichkeit...«

Der Lärm eines Tropfens breitet sich im Raum aus...

»Nein, ist okay.«

»Es ist nur ein Umstand, den wir nie in Betracht gezogen haben: Du warst krank, man glaubte, du könntest sterben...«

»Ich weiß, ich war damals zu klein, um mich noch daran erinnern zu können...«

»Nicht unbedingt, wir waren acht Jahre alt...«

»Acht? Ich hätte gedacht, weniger... Hirnhautentzündung...«

»Genau, erinnerst du dich jetzt wieder?«

»Ja... sicher, wir waren schon in der Schule...«

»Genau... Dieser Mann wohnte noch zu Hause...«

»Ja... Papà...«

»Kapierst du nicht?«

»Nein... was denn?«

»Wann hast du ihn zuletzt gesehen?«

»Kurz bevor er starb...«

»Nicht jetzt, ich meine damals...«

Marinella muss sich fürchterlich anstrengen: »In der Schule, als er mich abgeholt hatte, weil ich krank war, kurz bevor sie mich ins Krankenhaus gebracht haben... O Gott, ich denke das nur, weil du mich darauf bringst...«

»In der Schule, sehr gut... Und dann?«

»Dann nicht mehr.«

»Genau... Davor war er da, und dann war er nicht mehr da... Kann man denn wirklich so grausam sein, auf diese Weise wegzugehen?«

Sie schweigen, der Wasserhahn hat wieder angefangen zu tropfen, als führe er ein Eigenleben.
Als wolle er ihnen etwas anvertrauen.

Sie saßen da und lauschten. Klar und deutlich hörten sie die Stimme eines Mannes, der mit seinem Spiegelbild gesprochen hatte, in ebendiesem Bad.

Und er sagte, dass er keine andere Wahl gehabt hatte. Dass er keine Möglichkeit hatte, ihnen zu helfen, doch dass sie vielleicht, wenn sie ihn nur genügend hassen würden, die Kraft fänden, weiterzumachen ... Nein, es war nicht leicht gewesen. Er sagte, dass sie es verstehen würden, wenn sie Mütter und Ehefrauen wären. Sie würden verstehen, dass er einfach keine Wahl gehabt hatte, er dachte, er hätte eine, doch er hatte keine. Es war, als habe man eine schlimme Krankheit. Wie wenn einer zu sich sagt: Mir kann das nicht passieren. Dann kommt der Befund, und es stellt sich heraus, dass es gerade ihm passiert ist, weil er fehlbar ist, wehrlos ... Er flüsterte, all die Jahre habe er verzweifelt versucht, jede Erklärung zu vermeiden, weil ihm trotz aller Anstrengung nichts Tröstlicheres zu sagen eingefallen sei, als dass er wegging, weil er seine Grenze erreicht hatte. Man konnte nicht behaupten, er habe sich nicht bemüht: Acht Jahre sind keine geringe Mühe. Und dennoch musste er sich geschlagen geben. Er sagte, dass die Töchter vielleicht Recht hatten, wenn sie dachten, dass er sie nicht genug geliebt hatte, jedenfalls war er sich völlig im Klaren darüber, dass es nichts Richtiges gab, was man in diesen Fällen sagen konnte. Er wusste es, er wusste es, er wusste es, er hatte es immer gewusst, dass alles, was er sagen konnte, was auch immer er sich ausdachte, nichts anderes sein würde als eine ungelenke Art, die Wahrheit zu verbergen, und die Wahrheit lautete, dass er dieses Vater-Sein – dass er das nicht wollte.

»Was ist diese Wohnung deiner Meinung nach wert?«, platzt Alessandra heraus.

»Das wolltest du nicht sagen, oder?«

»Wer weiß das schon? Es mag auch sein, dass er uns richtig gesehen hat, vielleicht hatte er …«

»… Unser Vater.«

»Vielleicht hatte er etwas verstanden, was nicht einmal ich verstanden hatte …«

»Und das wäre?«

»Das wäre, dass ich mich an allem festgehalten hätte, nur um die Partie nicht verloren zu geben.«

»An dieser Wohnung, gewiss … die Theorie des Ganzen.«

»An dieser Wohnung, auch noch an dem letzten Müll, der darin herumsteht … an allem …«

»Du solltest ihm verzeihen …«

»Ich sollte lieber lernen, mich zu rächen … Ich sollte lernen, dass es reicht, zurückzuschauen, um auch noch die letzten Gewissheiten zu verlieren, die wir uns zurechtgelegt haben. Und trotzdem lerne ich es einfach nicht … Ich mache immer wieder den gleichen Fehler … Selbst jetzt, wo ich allein bin.«

»Hörst du, wie du redest? Du bist nicht allein … Du hast deine Kinder …«

»Die nicht anders sein werden, als wir es waren. Irgendwann haben sie ihr eigenes Leben. Sie werden mir eine Menge Dinge vorzuwerfen haben. Sie werden weggehen. Sie gehen ja jetzt schon …«

»Aber das bedeutet doch nicht, dass man dann allein ist, was soll ich denn da sagen?«

»Das ist anders. Keine Kinder zu haben, macht dich gefestigter, du bist dir deiner selbst stärker bewusst ... Wer hat denn behauptet, dass Kinder stark machen? Im Gegenteil, sie schwächen dich, sie zeigen dir Orte voller Ängste, die du dir niemals hättest vorstellen können ... Verflucht, diese Melancholie wird mich noch einmal umbringen ... Wollen wir gehen?«

»Eins noch ...«

»Ja bitte.«

»Glaubst du, Papà ist gegangen, weil er gemerkt hat, dass er nichts tun konnte, um mich zu retten?«

»Nein, das glaube ich nicht.«

Sie schweigen eine Weile.

»Hörst du das?«

»Was ...?«

»Diesen Ort.« Marinella rutscht noch ein Stück an die Schwester heran, sie sitzen jetzt Seite an Seite, berühren sich fast. »Er spricht mit dir. Hörst du ihn sprechen? Dort hat er sich immer rasiert ... Vor diesem Spiegel, der noch sein Gesicht bewahrt ... Erinnerst du dich an ihn?«

»Ja, wir saßen hier auf dem Badewannenrand, während er sich rasierte ...«

»Es war unmöglich, zwei Mädchen zu finden, die verliebter waren als wir in ihn ...«

»Wie dumm von uns ... wie dumm ...«

Aber uns genügt das

»Keiner da?« Die Nachbarin betritt die Wohnung, ohne ein Herein abzuwarten.

Marinella streckt den Kopf aus dem Bad: »Ach, Sie sind das.«

»Ja, ich bin das, ich habe mit meinem Schlüssel aufgeschlossen.«

»Aha…« Marinella fällt keine Erwiderung ein.

»Setzen Sie sich«, befiehlt die Nachbarin und zeigt auf das Sofa. »Ihre Schwester?«, fragt sie.

»Die lassen wir lieber da, wo sie ist… Ich kenne sie, man muss ihr etwas Zeit geben, damit…«

»Zeit, natürlich… Sehen Sie? Da schaut man einmal kurz nicht hin, und schon passiert das… Ein Schlachtfeld… Schützengräben. Alles wieder aufbauen. Ganz von vorne anfangen…«

»Tja, man muss halt einen Weg finden, um weiterzumachen…«

»Einen Weg, sicher… Auch wenn es manchmal keinen anderen Weg gibt, als sich zu sagen, dass die Dinge nun mal so sind. Viele Menschen mögen die Dinge nicht mehr, wie sie sind, ist Ihnen das schon aufgefallen? Jeder will die Dinge, wie er sie gerne hätte. Aber das geht nicht immer, besser gesagt, es geht fast nie, und wenn, dann ist es in den meisten Fällen purer Zufall. Ein Zufall, nicht die Normalität. Glauben Sie nicht?« Marinella macht eine Bewegung, die zwischen Ja und Nein liegt. Die Nachbarin entscheidet sich für Ja. »Gut, Sie werden wohl verstehen, dass diese Situation nach Klarheit verlangt.« Nach diesen Worten zieht sie ein doppelt gefaltetes

Blatt Papier aus der Tasche und reicht es Marinella. Die nimmt es, liest es ruhig. Dann, als sie fertig ist, sieht sie die Nachbarin an, die ihr Zeichen macht. Also faltet sie den Zettel wieder zusammen und gibt ihn zurück.

»Gut...«

»Gut«, stimmt die Nachbarin zu. »Daraus entsteht aber ein Problem...«

»Ein Problem? Ich sehe kein Problem«, wiegelt Marinella ab. »Wichtig ist nur, dass alles geklärt ist.«

»Setzen Sie sich, setzen Sie sich!«, befiehlt die Nachbarin erneut. Folgsam setzt sich Marinella, doch es sieht aus, als wolle sie bei der nächsten Gelegenheit gleich wieder aufspringen... »Daraus entsteht jetzt aber ein Problem, glaube ich...«, bekräftigt die Frau.

»Wenn Sie das sagen...«

»Tja, wie würden Sie das denn nennen, wenn jemand eine völlig neue Sichtweise einnehmen muss? Diese Wohnung zum Beispiel... Ihr habt geglaubt, dass sie euch gehört...«

»Ach, bin ich blöd, ja... Die Sichtweise... Daran habe ich nicht gedacht, wissen Sie? Vielleicht, weil Sichtweisen noch nie meine Stärke waren. Die meiner Schwester vielleicht, meine ganz sicher nicht«, erklärt sie und deutet in Richtung Badezimmer.

»Daher auch das Problem...« Sie wedelt mit dem Brief. »Sie haben ihn genau gelesen, oder? Es ist alles glasklar, scheint mir. Ihr Vater, Ernesto, hat seinen Wunsch geäußert, dass die Wohnung auf mich übergehen soll...«

»Glasklar.«

»Sie sehen nicht sonderlich überzeugt aus...«

»Wirkt das so?«

»Allerdings.«

»Das liegt wohl daran, dass mein Kopf es begriffen hat ... Natürlich ... Aber ...«

»Aber?«

»Keine Ahnung ... Papà hat mir nie etwas gesagt ... Er hat mir nichts von dieser Sache angedeutet ...«

»Und trotzdem gab es einen bestimmten Moment, in dem ›diese Sache‹ entschieden wurde ...«

»Einen Moment, in dem Sie anwesend waren, vermute ich mal ...«

»Merken Sie, dass Sie sich ähneln, wenn Sie andere aushorchen?«

»Wollen Sie damit sagen, dass das auch meine Schwester hätte sagen können? Das kommt vor, manchmal. Aber glauben Sie das wirklich?«

»Was?«

»Dass alles geklärt ist, glauben Sie das wirklich?«

»Tja, also, auf jeden Fall ...«

»Wissen Sie, was ich Ihnen auf jeden Fall sage? Ich will diese Wohnung nicht.« Marinella tritt zu dem Gemälde mit der stürmischen See, die das Eiland verschlingt. »Was mich betrifft, will ich nur das da«, sagt sie und zeigt auf das Bild. »Alles andere ist okay so«, schließt sie.

»Aber nein, es ist nicht okay ...« Die Nachbarin wirkt enttäuscht, dass sie nicht weiterkämpfen darf. »Nichts ist okay ... Der Punkt ist, wie wir einen Weg finden, mit Ihrer Schwester zu reden.«

»Da findet sich schon ein Weg.«

»Ja, wir müssen einen Weg finden. Der Punkt ist immer, einen Weg zu finden. Glauben Sie, ich hätte mich das heute noch nicht gefragt? Welchen Weg gibt es?, habe ich mich gefragt ... Oh, vorhin war ich ganz nah dran ... Sie werden verstehen, bei so viel Feindseligkeit ... Ich rede nicht von Ihnen, natürlich, ich weiß, dass Sie beständiger waren, Ihr Vater sagte das immer, das sagte er ... Ich meine die andere ...«

»Gut, ich überlege mir etwas, ich denke darüber nach. Lassen Sie mich machen. Wir werden Theater spielen, Sie und ich. Sie sehen mich an und folgen mir, Sie verlassen sich auf mich, ich kenne meine Schwester, man muss sie genau dorthin führen, wo sie hin soll. Sie kann alles ertragen, außer der Vorstellung, keine Wahl zu haben. Wenn man sie in die Ecke drängt, schlägt sie um sich ...«

»Das habe ich gesehen.«

»Dann bleibt der Brief meines Vaters unter uns, sie muss nichts davon erfahren, im Übrigen wissen Sie selbst ganz gut, dass er rechtlich nicht viel wert ist. Es reicht nicht zu schreiben: ›Diese Wohnung, die paar Zimmer und alles, was drinnen ist, geht an ...‹, das reicht nicht ... Verstehen Sie?«

»Ich glaube schon ...«

»Und wir wollen uns doch den grausamen Leidensweg aus Forderungen und Anwälten ersparen? Sagen Sie es mir ...«

»Was haben Sie vor?«

»Theater, wie gesagt ... Theater.«

»Eben haben Sie mich gefragt, ob ich dabei war, als Ihr Vater diesen Brief geschrieben hat. Ja, war ich. Und ich habe immer wieder gesagt, dass er das nicht tun darf, dass die Töchter Vorrang haben. Und er sagte: ›Sie sollen darum kämpfen müssen.‹ ... ›Sie sollen kämpfen‹, verstehen Sie?«

»Ich verstehe. Ich bin froh, dass ich niemandem etwas unterstellt habe ...«

»Unterstellt?«

»Ja, in Bezug auf den Umstand, dass Sie bei meinem Vater waren, als er beschloss, Ihnen die Wohnung zu vermachen ...«

»Ja, ja, ich war da ... Aber Sie haben ja selbst gesagt, dass bei zwei legitimen Töchtern ein solches Testament nicht viel wert ist ...«

»Was mich angeht, ist es viel wert. Es bezeugt einen klaren Willen, finden Sie nicht?«

»Vielleicht bezeugt es nur eine Reaktion ...«

»Mag sein, aber das ändert meines Erachtens nichts ...«

»Doch, es ändert etwas. Sie haben ihm sehr, sehr wehgetan, wissen Sie?«

»Das will ich hoffen ...«

»Sie hoffen es?«

»Schauen Sie, wenn Sie auf Heiligabend anspielen, muss ich Ihnen sagen, dass das nicht so geplant war ... Es ist passiert ...«

»Er hat auf Sie gewartet, der Tisch war schön gedeckt, ›Sie kommt‹, sagte er, ›sie kommt ...‹ Nach zwei Stunden war klar, dass Sie nicht wie versprochen kommen würden ...«

»Hören Sie, dabei wollen wir es belassen, okay? Belassen wir es dabei.«

»Wir können es ruhig dabei belassen, aber die Situation bleibt dieselbe. Er hat hier gewartet und wiederholt: ›Sie hat gesagt, dass sie kommt.‹ Er hat so auf Sie gewartet! Und ich immer: ›Wahrscheinlich ist ihr etwas dazwischengekommen.‹ Es war alles gedeckt ... Da habe ich es begriffen ...«

»Was haben Sie begriffen?«

»Dass Ihre ›Güte‹ genauso grausam ist wie die Feindseligkeit Ihrer Schwester. Er war hier allein, der Tisch gedeckt, und er wartete auf Sie ... Ein paar Stunden später ist er gestorben ...«

»Ich weiß.«

»Das war es, was ich meinte. Im letzten Monat hatten Sie ihm vorgemacht, er habe eine verlorene Tochter wiedergefunden, und dann ...«

»Und dann Schluss ...«, fällt ihr Alessandra ins Wort, die aus dem Nichts auftaucht.

»Vielleicht wollte ich verstehen ...« Im Beisein der Schwester fällt Marinella wieder in den rechtfertigenden Ton.

»Natürlich, verstehen«, übertönt sie Alessandra. »Man kann verrückt davon werden, nicht zu verstehen, wissen Sie? Dieser Mann hat allein auf jemanden gewartet, der niemals kam ... Ja und?«

»Er war da ...«, offenbart Marinella mit festem Blick auf Alessandra. Sie redet, als stünde die Nachbarin nicht zwei Schritte neben ihnen. »Er war da ... Er sah mich an, hielt sich abseits. Als du Mamma fragtest: ›Wo ist Papà?‹, und Mamma sich das Taschentuch auf die Lippen presste. Da war er nicht weit weg, auf dem Krankenhausflur. Ihr habt ihn nicht gesehen, aber ich schon: Er hat mir zugewinkt ...«

»Das hast du dir nur eingebildet. Du hattest damals sehr hohes Fieber, und wir wussten ja nicht mal, ob du die Nacht überlebst ... Und nein, er war nicht da.«

»Er war da«, bestätigt nun auch die Nachbarin überzeugt.

»Was?«, fragt Alessandra.

»Er hat es mir erzählt ...«

»Ach, Geschichten ...«

»Er hat mir gesagt, dass er da war und euch sah, während ihr euch fragtet, wo er war, aber dass er sich auf keinen Fall zeigen konnte ... Denn an diesem Abend hatte er begriffen, dass Leiden einem Angst macht ...«

Alessandra scheint jeden Moment in Tränen auszubrechen: »Ah, eben ... Und deswegen flieht man vor dem Leiden der eigenen Kinder ...«

»Er ist nicht geflohen ... Er war hier, in dieser Wohnung, wenige Schritte von euch entfernt. Er hat sein Leben nicht geändert. Er hat euch nicht verlassen, weil er irgendeine Freiheit im Kopf hatte. Er wollte keine Freiheit ...«, beharrt die Nachbarin.

»Er wollte uns nicht.«

Wenn jemand sie fragen sollte, konnte Marinella erklären, dass es auf jede Frage Versuche einer Antwort gibt. Oder zumindest auf jede wichtige Frage, wie bei der Allgemeinen Theorie des Ganzen oder der Großen Vereinigung. Sie konnte erklären, welche fürchterlichen Kräfte friedlich nebeneinanderher leben, bis man versucht, ihnen einen Sinn zu geben. Vielleicht hätte sie erklären können, welches Risiko darin liegt, unmögliche Beziehungen zu suchen, unerhörte Mischungen auszuprobieren. Doch sie wusste, dass es in dieser ganzen Verstrickung einen Punkt ohne Wiederkehr gab, und dort blieb einem als einzige Lösung, sich der Einfachheit hinzugeben.

Wenn jemand sie fragen sollte, konnte Marinella die einzige Geschichte erzählen, die sie direkt aus dem Mund ihres Vaters gehört hatte. Die Geschichte handelte von ihrem Bedürfnis, Verbindungen zu finden. Die Geschichte handelte von einer auf- und dann wieder abtauchenden Insel, einer Insel, die infolge eines Erdbebens vor der Küste Siziliens an die Oberfläche zurückgekehrt war ... Ein Stückchen Erde, von dessen Existenz niemand wusste und das trotzdem da war, jahrhundertelang versunken, vielleicht jahrtausendelang. Vorhanden, wenngleich den Blicken verborgen. So, wie Marinella sich selbst immer gesehen hatte.

Und vielleicht war die Idee, dass es einen einzigen Punkt gab, an dem vollkommen unterschiedliche Dinge eine Übereinstimmung finden

konnten, unauflösbar verschwistert mit der Vorstellung einer Insel, die da war, all jenen zum
Trotz, die sie nicht sahen ...

Jedenfalls, was immer sie bedeutete, welche
tiefgründige Metapher sich auch in ihr verbarg,
diese Geschichte hatte ihr Vater erzählt, während er sich rasierte.

»Einfach, oder?«, fragt Alessandra.

»Einfach ...«, echot Marinella.

»Natürlich, einfach, so einfach, dass man kaum darauf kommt. Als Sie in sein Leben traten«, die Nachbarin wendet sich jetzt direkt an Marinella, »dachte er, dies sei sein Schicksal. Am Tag zuvor hatte er erfahren, dass ihm höchstens noch ein paar Monate blieben. Abends sagte er zu mir, er habe eine gute und eine schlechte Nachricht: ›Welche willst du zuerst hören?‹, fragte er. Ich sagte: ›Die gute.‹ Und er: ›Heute hat meine Tochter mich besucht... Verstehst du?‹, fragte er. ›Nach vierzig Jahren hat sie mich besucht.‹ ... ›Und die schlechte?‹, fragte ich, und er lächelte mich an: ›Oh, die schlechte ist, dass ich nur noch vier, fünf Monate zu leben habe.‹ ... Ich sah ihn an, und er wirkte ganz gelassen: ›Meine Tochter hat gesagt, dass sie zurückkommt‹, meinte er. Und tatsächlich, Marinella, Sie sind zurückgekommen, zweimal die Woche, bis Heiligabend ...«

»Ja ... ja ... ja ...«

»Hör nicht auf sie, lass nicht zu, dass sie das tut! Sie ist nicht da, sie existiert nicht. Es ist, wie du gesagt hast. Es ist diese Wohnung ...«, warnt Alessandra und tritt zu ihrer Schwester, als müsse sie sie vor der Nachbarin beschützen.

»Natürlich, ich bin gar nicht da. Es ist diese Wohnung, hören Sie nicht?«, bestätigt die Nachbarin.

Doch Alessandra hat beschlossen, sie zu ignorieren: »Du kommst mit und arbeitest für mich ...

mit mir! Es reicht jetzt. Wir finden eine Lösung, wir brauchen das alles nicht.«

»Für dich?«

»Ja, für mich ... Mit mir ... Es gibt so viel zu tun da draußen ... So, jetzt bin ich erleichtert.«

»Und du kannst bei mir wohnen ... in meiner Wohnung, meine ich, natürlich zahlst du einen Teil der Miete ...«

»Ja, genau, wir brauchen nichts ... Kannst du dir das vorstellen? Um diese vier Wände hier zu kämpfen? Das hat keinen Sinn. Das hat überhaupt keinen Sinn ...«

Ein tiefes Schweigen folgt. Voller Frieden. Der Frieden von Planeten, die sich nach einem frenetischen Wirbel neu geordnet haben. Das Zimmer ist von einer fiebrigen Atmosphäre der Kapitulation erfüllt. Die drei Frauen hören ihre tiefen Atemzüge. Sie befinden sich im innersten Auge des Sturms, an einem Punkt, wo jede denkbare Symmetrie möglich scheint.

»Nehmen Sie doch die Wohnung«, schlägt Marinella vor, denn sie weiß, dass dieser perfekte Moment nur kurz währt. Sie weiß, dass nur an diesem einen Punkt der Wirbel zur Ruhe kommt. Alles eins wird.

Alessandra teilt ihre Begeisterung: »Sie ist es nicht einmal wert, sie zu verkaufen ... Zu viel Leid hier drinnen.«

»Behalten Sie sie ... Letztlich waren Sie die Einzige, die unserem Vater wirklich nahe war«, bekräftigt Marinella.

»Ich wollte sie nie ... diese Wohnung«, schließt Alessandra. »Brennen Sie sie nieder.«

»Verkaufen Sie sie.«

»Zerstören Sie sie.«

»Sie gehört Ihnen.«

»Das Loch von Wohnung ...«

»Was kann die schon wert sein ...«
»Uns ist sie zu teuer.«
»Wir können sie uns nicht leisten.«

Vor dem Haus empfing sie eine unfassbar milde Luft. Sie umarmten sich, die eine gedanklich bei dem Briefumschlag, den sie in der Tasche bewahrte; die andere bei Giulio, der vor der üblichen Bar auf sie wartete. Und als sie sich aus der Umarmung löste, war Marinella kurz versucht zu reden, tat es aber nicht.

Alessandra bereute, dass sie sich zu dem Angebot hatte hinreißen lassen, zusammen zu arbeiten. Marinella ihrerseits bereute den Vorschlag, zusammen zu wohnen, tröstete sich jedoch sofort mit dem Gedanken, dass auch die Schwester, soweit sie sie kannte, von der Aussicht, sich eine Wohnung zu teilen, kaum begeistert sein würde. Alessandra lachte in sich hinein, als sei der Gedanke an ein gemeinsames Leben lustig, gerade jetzt, inmitten der dramatischen Kehrtwende...

Sie umarmten sich noch einmal, bevor sie sich voneinander abwandten. Sie gingen ihrer Wege mit all den gerade gemachten Versprechungen im Leib.

Als sie um die Ecke gebogen war, beschleunigte Marinella ihren Schritt, sie war eine halbe Stunde zu spät, wusste aber, dass Giulio noch da sein würde. Sie dachte rasch über die Formulierung nach, mit der sie ihm erklären konnte, warum sie nicht in der Lage gewesen war, Alessandra alles zu sagen, weil diese Wahrheit für sie schlimmer gewesen wäre als jede Lüge.

Sie nahm sein Gesicht in ihre Hände und zwang ihn, ihr in die Augen zu schauen, damit er begriff, dass ihr Schweigen keine Lüge war, sondern ein Weglassen. Sie begriff, dass er es nicht verstanden hatte, denn Männer verstehen es nie, wenn die Frauen sich weigern, die Drecksarbeit zu machen.

Alessandra machte ein paar würdevolle Schritte, wie eine Frau, die sich sicher ist, beobachtet zu werden. Dies war genau das Gefühl, auf dem ihre Außenwirkung beruhte. Sie ging, als habe sie vor der Welt nichts zu verbergen, sondern im Gegenteil: alles zu zeigen.

Sie tastete von außen nach dem Umschlag, den sie aus der Nachttischschublade des Vaters genommen hatte. Als sie sich weit genug weg von der Schwester fühlte, blieb sie stehen, suchte mit dem Blick nach einem stillen Winkel und fand ihn: eine von zwei Häusern eingeschlossene Gasse. Sie ging hinein, öffnete ihre Handtasche und zog den Umschlag hervor, betrachtete den mit der krakeligen Schrift ihres Vaters notierten Namen: »Für Alessandra«. Sie öffnete den Umschlag, zog ein abgegriffenes dünnes Büchlein hervor: *Kurze Information über den neuen Vulkan, der im Meer von Sciacca aufgetaucht ist*, las sie. Das Licht in der Gasse war so schwach, dass sie von dem Versuch ablassen musste, weiterzulesen. Sie steckte den Umschlag mit ihrem Namen, nachdem sie ihn behutsam gefaltet hatte, zurück in die Tasche und verließ die Gasse. Ihr Telefon klingelte. Sie antwortete, während sie sich nach einem Container der städtischen Müllabfuhr umschaute. Sie fand einen, ging hin und warf das Buch hinein, ohne das Gespräch zu unterbrechen.

Langsam wurden sie von der melancholischen Dunkelheit eines weiteren verstrichenen Nachmittags überschwemmt. Die violette Flut eines jäh verflüssigten Himmels stürzte auf sie herab. So viel Schmerz, dachten sie, ohne sich vorstellen zu können, dass sie gerade dasselbe dachten, so viel Schmerz ...

Für einen Moment waren sie aufgetaucht, und nun versanken sie wieder in der Tiefe, verschluckt von der Wasseroberfläche, die sich auftat zu einem dunklen, schäumenden Strudel, im undeutlichen Grollen des Nichtgesagten.

Mein besonderer Dank gilt Marinella Manicardi,
Alessandra Frabetti und Marina Pitta, die diese
Figuren ganz genau kennen.
MF

© Daniela Zedda

Marcello Fois, 1960 in Nuoro auf Sardinien geboren, ist der vielfach preisgekrönte Verfasser zahlreicher Romane und Erzählungen. Bekannt wurde er vor allem durch seine gefeierte Krimireihe um den sardischen Strafverteidiger Bustianu, die häufig mit den Romanen Andrea Camilleris und Manuel Vázquez Montalbáns verglichen wurde. Seit vielen Jahren lebt und schreibt Marcello Fois in Bologna. Mit *Schwestern* wird er erstmals im Verlag Klaus Wagenbach vorgestellt.

Sardische Literatur bei Wagenbach

Michela Murgia Murmelbrüder
Eine Geschichte aus Sardinien

Die sardische Autorin Michela Murgia schreibt diesmal
nicht über das enge und mitunter schmerzende Band
der Familie, sondern über eine Beziehung, die oft freier,
aber dabei ebenso tief sein kann: Freundschaft.
Aus dem Italienischen von Julika Brandestini
SVLTO. Rotes Leinen. Fadengeheftet. 120 Seiten

Michela Murgia Elf Wege über eine Insel
Sardische Notizen

Elf Wege zeigt uns Michela Murgia auf ihrer Insel, zehn
plus einen, weil runde Zahlen nur für Dinge taugen, die
endgültig verstanden werden können. Und das ist in
Sardinien nicht der Fall.
Aus dem Italienischen von Julika Brandestini
SVLTO. Rotes Leinen. Fadengeheftet. 168 Seiten

Salvatore Niffoi Redenta Tiria
Eine sardische Legende

Abacrasta, der gottverlassene Ort im Innersten Sar-
diniens, in dem der Roman spielt, hat 1.827 Einwoh-
ner, 9.000 Schafe, 1.700 Ziegen, 930 Kühe, aber auch
215 Fernseher, 490 Fahrzeuge und 1.163 Handys.
Aus dem Italienischen von Sigrid Vagt
WAT 735. Broschiert. 176 Seiten

Paola Soriga Wo Rom aufhört *Roman*

Die Geschichte eines sardischen Mädchens in Rom,
kurz vor dem Ende des Zweiten Weltkriegs. Geschrie-
ben von einer italienischen Autorin, die mit diesem
Buch über ihre eigene Generation nachdenkt.
Aus dem Italienischen von Antje Peter
Quart*buch*. Englische Broschur. 160 Seiten

Bleiben Sie mit uns in Italien!

Stefano Benni   Von allen Reichtümern   Roman

Lebensweisheit und Witz, zarteste Poesie und giftender Sarkasmus, Klugheit und überbordende Erzählfreude: Der italienische Literaturstar Stefano Benni in Höchstform!

Aus dem Italienischen von Mirjam Bitter
Quart*buch*. Gebunden mit Schutzumschlag. 224 Seiten

A Casa Nostra
Junge italienische Literatur

Was haben sie uns heute zu erzählen, die jungen italienischen Autoren? Schreiben sie über politische Zustände oder ziehen sie sich ins Private oder Lokale zurück? Die spannende Bestandsaufnahme eines überfälligen literarischen und gesellschaftlichen Aufbruchs in ein anderes Italien.

Herausgegeben von Paola Gallo und Dalia Oggero
Quart*buch*. Gebunden mit Schutzumschlag. 208 Seiten

Ascanio Celestini   Schwarzes Schaf   Roman

Ascanio Celestini hat den Irren zugehört, ihren Geschichten, ihren Wahrheiten, Phantasien und Geistesblitzen. Ein Liebhaber der schwarzen Schafe.

Aus dem Italienischen von Esther Hansen
Quart*buch*. Gebunden mit Schutzumschlag. 128 Seiten

Mario Desiati   Zementfasern   Roman

Ein Dorf im tiefen Süden Italiens, in dem nach und nach nur noch Frauen und Kinder leben. Die Männer mussten weggehen. Bleiben werden Mimi und ihre Tochter Arianna, die beim nächsten Patronatsfest trotzdem nicht allein sind.

Aus dem Italienischen von Annette Kopetzki
Quart*buch*. Gebunden mit Schutzumschlag. 288 Seiten

Literarische Einladungen nach Italien

Genua und Ligurien
Eine literarische Einladung

Genua, Hafenstadt und Krimi-Metropole, ist eine der lebendigsten Städte Italiens, mit einer kulturell und politisch engagierten Jugend, die auf Veränderungen hoffen lässt.

Herausgegeben von Gaby Wurster
SVLTO. Rotes Leinen. Fadengeheftet. 144 Seiten mit vielen Abbildungen

Siena
Eine literarische Einladung

Siena gehört zu den schönsten Städten der Welt: Diese Anthologie sammelt alte und neue Einsichten von Besuchern, Bewohnern und Sängern. Aber sie enthält auch Aussichten in die Umgebung, die »Terra di Siena«.

Herausgegeben von Donatella Germanese
SVLTO. Rotes Leinen. Fadengeheftet. 144 Seiten mit Abbildungen

Sardinien
Eine literarische Einladung

An kaum einem Ort treffen das alte, archaische und das moderne, globalisierte Italien so unvermittelt aufeinander wie in Sardinien. Ein Buch über die Insel, das sie umgebende Meer und den weiten Weg aufs italienische Festland.

Herausgegeben von Michela De Giorgio und Otto Kallscheuer
SVLTO. Rotes Leinen. Fadengeheftet. 144 Seiten mit Photographien von Stefan Melchior

Tiziano Scarpa   Venedig ist ein Fisch

Tiziano Scarpa führt uns durch seine Heimatstadt und lässt uns Venedigs Stadt- und unsere Körperteile neu entdecken.

Aus dem Italienischen von Olaf Matthias Roth
WAT 610. Broschiert. 120 Seiten

SVLTO gefällig?

Andrea Camilleri   Der geraubte Himmel

Die Liebe zur Kunst und die Liebe zu einer mysteriö-
sen Dame gehen bei Camilleri eine vertrackte und später höchst gefährliche Verbindung ein. Der Kommissar
ermittelt ...

Aus dem Italienischen von Christiane von Bechtolsheim
SVLTO. Rotes Leinen. Fadengeheftet. 120 Seiten

Tania Blixen   Die Straßen um Pisa

Die Übernachtung in einem Gasthof nahe Pisa wird für
einen jungen Grafen zu einem kleinen Abenteuer: All-
mählich wird ihm klar, wie viele der hier Versammelten
Komödie spielen und in diverse Eklats verwickelt sind.

Aus dem Englischen von Martin Lang
SVLTO. Rotes Leinen. Fadengeheftet. 84 Seiten

Italo Svevo
Der alte Herr und das schöne Mädchen

Italo Svevos letzte und schönste Erzählung. Mit einer
Autobiographie, Lebensdaten und vielen Photos.

Aus dem Italienischen von Barbara Kleiner
SVLTO. Rotes Leinen. Fadengeheftet. 112 Seiten

Wenn Sie mehr über den Verlag und seine Bücher wissen
möchten, schreiben Sie uns eine Postkarte (mit Anschrift und
ggf. E-Mail). Wir verschicken immer im Herbst die *Zwiebel,*
unseren Westentaschenalmanach mit Gesamtverzeichnis, Le-
setexten aus den neuen Büchern und Photos. Kostenlos!

Verlag Klaus Wagenbach   Emser Straße 40/41   10719 Berlin

www.wagenbach.de

Schwestern erschien im Herbst 2015 als 213. *SALTO*.

Die italienische Originalausgabe erschien erstmals 2013 unter dem Titel *L'importanza dei luoghi comuni* bei Giulio Einaudi editore in Turin.

© 2013 Giulio Einaudi editore s.p.a., Torino
© 2015 für diese Ausgabe: Verlag Klaus Wagenbach, Emser Straße 40/41, 10719 Berlin
Umschlaggestaltung Julie August unter Verwendung einer Fotografie © Liliana Furió. Gesetzt aus der Georgia, Vorsatzpapier von peyer graphic gmbh, Leonberg, Leinen von G'br. Schabert, Strullendorf. Gedruckt auf chlor- und säurefreiem Papier und gebunden bei Kösel, Krugzell. Alle Rechte vorbehalten. Printed in Germany.

ISBN: 978 3 8031 1312 2

9 783803 113122